살아있음에 대한 노래를

살아있음에 대한 노래를

지은이 _ 임만빈

초판 발행 _ 2014년 5월 30일

펴낸곳 _ 수필미학사
펴낸이 _ 신중현

등록번호 _ 제25100-2013-000025호
등록일자 _ 2013. 9. 2.

대구광역시 달서구 문화회관11안길 22-1(장동) 출판산업단지 9B 7L
전화 _ (053) 554-3431, 3432 팩시밀리 _ (053) 554-3433
홈페이지 _ http://www.학이사.kr
이메일 _ hes3431@naver.com

값 10,000원
ISBN _ 979-11-85616-14-8 03810

살아있음에 대한 노래를

임만빈 수필선

선집을 발간하고자 한다는 연락을 받았다. 당황했다. 지금까지 간행했던 수필집들을 떠올렸다. 선집을 만들 만한 글들이 있을까 걱정했다.

첫 수필집《선생님, 안 나아서 미안해요》는 등단하기 전 수필이 무엇인지 모를 때 쓴 글들이다. 환자의 생명을 다루는 수술의 긴장감, 꼼짝 못하게 옭아매는 학회일과 학교일들에 묶여 수동적인 삶을 살다가 문득 내안에 인간적 감정이 메말라버린 것을 깨달았다. '이래서는 안 되겠다' 하는 생각이 들어 조금은 따뜻한 가슴으로 환자들을 대하고자 글을 썼다.《자운영, 초록의 빛깔과 향기만 남아》는 나에게는 완벽한 존재로만 보였던 아버지가 하나하나 그런 상像을 망가트리면서 저 세상으로 떠나가는 마지막 13개월 동안의 모습을 기록한 글들이다.《나는 엉덩이를 좋아한다》는 내가 병에 걸려 수술 받고 치료받으면서 느끼는 감정과 삶에서 무엇이 중요한가를 나름대로 깨달아가는 과정을 쓴 글들이다. 마지막《병실 꽃밭》은 매일 신문의 의창醫窓이란 란欄에 연재했던, 환자와 그들 주변사람들의 삶을 보면서 느꼈던 것을 기록한 글들이다.

이상의 수필집들을 끄집어내어 놓고 선집에 포함할 글들을 찾았다. 맘에 드는 글들이 정말 없었다. 과거에는 그런대로 괜찮아 보이던 글들도 다시 보니 하나같이 미숙하고 부족하게 보였다. '아! 이런 글들을 써서 발표하고 책을 만들었다니….' 얼굴이 화끈거리고 손에 땀이 났다. '선집 만들겠다는 제안을 정중하게 사양해?' 속으로 여러 번 생각했다 '인간이란 시행착오를 하면서 발전하는 것이 아닌가? 이번에 또 부끄러움을 당하면 다음에는 더 나은 글들을 쓰지 않을까?' 결국 원고를 마감하는 며칠을 놔두고 급하게 몇 편을 골라 출판사에 보냈다.

부족한 글들을 모아 또 한 번 더 부끄러운 짓을 한다. 출판사의 선집출간 목적이 '역량 있는 중진 수필가를 찾아 널리 알리는데 의의를 둔다.' 라고 했으니 앞으로 역량을 발휘하라는 채찍으로 생각하겠다. 선집을 만들어준 수필미학사, 신재기 교수와 관계되는 여러분들께 머리 숙여 감사를 드린다. 아울러 이 선집 제목 '살아있음에 대한 노래를'은 오정희 산문집 제목에서 따왔음을 밝힌다.

2014년 5월

임 만 빈

■ 차례

제1부

삶이란 둥근 원이다

차라리 의식이 없는 것이 낫겠다

아버지의 상태가 다시 안정되어 우리 병원에서 노인병원으로 옮겼다. 이번에는 중환자실로다. 중환자실이라고 해도 가래 뽑는 흡입기 정도가 있는 관찰실 수준이다. 얼마간 별다른 문제없이 치료를 받았다. 그러던 중 또다시 아버지의 상태가 위독하다는 연락이 왔다. 황급히 노인병원으로 달려갔다.

"아버지" 하고 부르자 눈을 뜨신다. 눈에는 아직 빛이 있다. 차라리 초롱초롱한 빛이 사라졌으면 좋겠다고 생각한다. 쏟아져 나오는 빛에서 영靈이 사라져야 탈혼脫魂의 무심함을 즐기면서 고통의 강을 건너갈 수 있을 것인데, 하고 안쓰러워한다. 팔다리가 매여져 있다. 눈만 뜨지 않았다면 인간이라고 볼 수 있는 모습이 하나도 남아있지 않다. 손은 잡아도 온기가 없다. 가슴을 더듬어도 갈비뼈만 앙상하다. 장딴지를 만진다. 물렁거리던 살도 이제는 느껴지지 않는다. 허벅지를 더듬는다. 솟아난 인대와 뼈만 만져진다. 살이 빠져나가면서 아버지의 상像도 묻혀 가는 모양이다. 마음속에 자리 잡고 있던 상이 자꾸만 흐트러진다. 점잖게 양복 입고 단정하게 외출하던 모습이 흐려진다. 떠올리기를 계속하면 닳아버릴까 봐 머릿속에서 마음속 깊은 곳으로 상을 밀어 넣는다. 바늘이 가슴을 찌르듯 따갑고 아프다.

어찌 인간이 동물로 변신하는 과정을 그렇게 지겹게 보여 주려고 하시는가? 초롱초롱한 눈빛을 어둠한테 제발 감싸 달라고 빈다. 그 눈빛을 내 마음속 깊은 곳에 보관해 달라고 기도한다. 한 번씩 길을 잃고 헤맬 때 길을 비추어 주는 촛불로 사용하고 싶다고 기원한다.

아버지의 눈가가 축축하다. 물기에 덮인 각막을 통해 나를 보고 있다. 이제는 스스로 움직일 수 없는 사지를 포기하고 마음으로 나를 꼭 껴안고 싶어하신다. 그래서 저렇게 반가운 눈물을 흘리며 바라보고 있는지도 모른다.

"아버지, 불편한 데는 없으세요?"

묻는다. 고개를 젓는다. "없어." 하는 말이 들리는 듯도 하다. 불편한 것을 아픈 것으로 혼동해서 부정否定하는 것 같다. 양손이 묶이고 기저귀 찬 삶이 어찌 불편하지 않겠는가? 창피하고 갑갑하고 오금이 저리고 사지가 뻣뻣하게 굳어옴을 어찌 불편 없이 견딜 수가 있겠는가? 하루 종일 천장만 바라보는 눈길에는 버림받을지도 모른다는 불안감이 녹아들어 있었을 것이다. 간병인의 손길이, 한 번씩 찾아오는 나의 발길이 멀어지지 않을까 하는 상념으로, 눈초점이 물결치듯 흐려지곤 했을지도 모른다.

"아버지, 갑갑하시죠?"

"갑갑해."

신음 소리같이 희미하게 대답한다. 아버지의 상태가 악화되어 휠체어도 마음대로 태워드릴 수가 없다. 버둥대는 사지를 구부려서 휠체어에 태워 운동시켜 드리기가 쉽지는 않았다. 그래도 한 번씩 휠체어에 태워서 병실 주위를 돌아다니고 나면 숨길이 가빠지는 것과 비례해서 아버지의 눈은 더욱 맑아져 빛이 나기도 했었다.

이제 내 어릴 적 우리집 앞마당 샘에서 퍼냈던 물같이 맑던 아버지의 눈빛은 흐려지고 있다. 과거 이야기가 파편같이 뒤섞여서 뿌옇게 흐려진 것 같다. 하루 종일 파편들의 흐릿한 이야기들을 머릿속으로 판독하면서 시간을 보내고 있을지도 모른다. 그것들을 꿰매고 엮어서 하나의 완벽한 추억의 이야기로 만들어서 되새김하면서 시간을 삼키고 계신지도 모른다. 아무리 그 이야기들이 길고 아버지에게 달콤한 추억이 된다 하더라도 되새김하는 즐거움도 하루이틀이 아니겠는가? 아무리 아버지의 삶이 드라마틱했다 하더라도 이제는 아버지에게 식상한 이야기가 되지 않았겠는가?

차라리 아버지가 정신을 놓았으면 좋겠다. 고통도 모르고 되새김할 이야기가 없어도 심심하지 않을 그런 상태가 되었으면 좋겠다. 짐승같이 묶여 있는 아버지를 보는 것은 고통이다. 그 아픔에서 벗어나고 싶다. 차라리 식물같이 고요히 누워계시면 좋겠다. 머리 위에 예쁜 꽃을 장식해 드리고, 얼굴도 화장을 해드리고, 하얀 와이셔츠도 입혀드리고, 파란 넥타이를 곱게 매드리고 싶다. 그리고는 내 등에 아버지를 업고 그렇게도 가고 싶어 하는 고향을 훨훨 날아 휙 다녀오겠다.

자운영, 초록의 빛깔과 향기만 남아

그날, 햇볕이 무던히도 따뜻하던 4월 중순이었다. 바쁘다는 핑계로 몇 주간 아버지를 면회하지 못했던 나는, 죄책감을 씻어내려는 듯 휠체어를 밀고 아버지의 병실로 들어간다. 거부할 능력을 상실한 듯한 아버지의 동조를 얻어 가벼워진 몸뚱이를 들어올린다. 조절의 능력을 완전히 잃어버린 것처럼 보이는 팔과 다리의 버둥거림은 얼마만큼의 시간이 지나야 기립과 껴안음의 본능을 되찾을지 예측되지 않는다. 발로 디디고 팔로 껴안으라는 간병인의 위압적인 명령에도 이미 뇌와 육체의 연결고리를 끊어버린 듯 몸뚱이만 버둥거린다.

휠체어의 안장에 궁둥이를 안정시켜 놓는다. 발은 운동화를 신겨 휠체어 발판에 가지런히 놓는다. 그때서야 아버지는 "후유" 하고 한숨을 내쉬고 특유의 미소를 짓는다. 그것은 어느 날 고향 근처 시냇물의 징검다리가 갑자기 쏟아진 소낙비로 물이 불어 아물아물하던 때, 초등학교에서 돌아오던 내가 반쯤 건넌 다음 갑자기 눈에 보이는 물살에 겁이 나서 오도 가도 못하고 울고 있을 때, 먼저 건너간 친구의 연락을 받고 허겁지겁 달려 오셨던 아버지가, 나를 들어 안고 징검다리를 무사히 건넜을 때, 내가 내쉬었던 안도의 한숨소리와 미소를 너무나 닮아 있다.

바깥 기온은 따뜻하다. 이상고온이라는 일기예보의 예측을 맞추려는 듯도 하다. 햇볕을 8개월 이상이나 쪼이지 못한 아버지는 너무도 파리하다. 병원 옥상에 마련한 정원에서 햇볕을 안아보도록 하고 싶어진다. 옥상으로 통하는 문 앞에 붙어 있는 자물쇠의 숫자판에 하나하나 손가락 끝이 닿자 찰칵 하는 쇠음이 들린다. 건물 안에서는 바깥에 바람이 전혀 없는 듯이 보였지만 문밖에 나오니 아버지의 어깨가 바람으로 움츠러드는 것이 보인다. 입고 있던 점퍼를 벗어 앙상한 어깨를 감싼다.

바닥을 나무로 깐 옥상은 아늑하다. 바닥은 쏟아지는 햇볕을 버리지 않고 몸 안에 담고 있다. 휠체어 바퀴에도, 밀고 가는 내 발에도 따뜻한 포근함이 전달된다. 햇빛은 또한 파리한 아버지의 피부를 뚫고 몸속으로 녹아들고 있다. 피부는 말갛다. 세속의 욕심과 욕망과 오욕의 층이 사라진 피부는 투명하다. 고치를 짓기 전의 누에를 집어 형광등 불빛에 비췄을 때

보았던 그 맑음이 떠오른다.

중앙에 공간을 둔 옥상은 사각형이다. 양쪽에 벤치가 두 개씩 놓여 있고 그 뒤로는 조그만 화단이 조성되어 있다. 키가 작은 소나무, 철쭉, 민들레, 잡초들이 심겨져 병원 밖의 분위기를 약간 풍긴다. 화단을 유심히 들여다보시던 아버지가 갑자기 "자운영"이라고 말한다. 나와 아내는 놀라서 잡풀들 속에 숨어있는 자운영을 발견한다. 어떻게 자운영을 아느냐고 묻는다.

"애 좀 봐. 평생 농사를 지은 사람이 그것을 왜 모르냐?"

자운영, 5월의 논바닥을 진 초록색으로 채색했던 클로버를 닮은 풀, 홍자색의 꽃들이 카펫처럼 깔리고, 벌들이 숨어 있다 지나가는 고무신의 짓밟음과 종아리의 음영에 놀라 수없이 날아오르던 과거의 달콤한 추억의 향내를 풍기는 풀, 내 새가슴을 아리게 했던 계집아이의 나물 뜯는 손놀림과 대바구니 나물통에서 품어 나오던 비릿한 초록색 냄새, 왜 자운영을 밟으면 신발이 미끄러져 뒤뚱거려지는지, 그것은 단지 군데군데 논바닥에 고여 있던 물이 내 검정 고무신 속으로 들어와 발을 미끄럽게 했기 때문만은 아니었을 것이다. 그녀 옆을 지날 때면 어쩐지 어색해지는 몸놀림과 발놀림, 자운영 새싹처럼 움트던 이성에 대한 방향芳香이 나의 근육을 풀어놓고 정신을 혼미하게 만든 것, 그것도 하나의 원인으로 작동했을 것이다.

어찌 자운영의 기억이 내 머릿속에만 응고되어 있겠는가? 아버지의 머릿속에서 알사탕 같은 단맛을 품고 자리 잡고 있는 옛날 기억들, 세월이라는 빗물에 씻겨 최근의 기억들부터 하나씩 하나씩 사라지자 어쩔 수 없이 모습을 드러내는 보석 같이 반짝이는 소중한 영혼 속의 결정체, 마침내 모습을 드러내는 아버지의 어렸을 적 달콤한 이야기들을 그물망에 가득 담고 있는 덩어리, 그 결정체 속의 자운영 꽃 색깔을 어찌 아버지가 잊을 수 있겠는가?

아버지는 지금 고향 풍경을 눈 속에 그리고 있을지도 모른다. 조금 지나면 5월이 다가오고, 그러면 벼를 심기 위하여 한껏 피어있는 자운영을 갈아엎어야 한다는 사실을 본능으로 느끼고 있는지도 모른다. 쟁기의 보습이 지나가는 길옆으로 갈아엎어지던 흙더미, 흙 속에서 밖으로 모습을 드러내던 자운영의 뿌리, 붙어있는 뿌리혹박테리아, 그들의 모습을 마음속으로 떠 올리며 갈아엎어진 땅속에 몸을 파묻고 썩어서 땅을 풍요롭게 만드는 자운영의 삶이 어쩌면 자신의 삶을 닮은 것 같다고 속으로 울고 있을지도 모른다. 짐승도 자기가 죽을 때가 다가옴을 안다고 하는데 어찌 인간이 그것을 모르겠는가?

그렇다. 당신의 삶은 자운영을 닮은 것 같다. 가족이라는 한 굴레를 지키기 위하여 뿌리혹박테리아를 닮은, 당신 몸에 붙은 손과 발을 수없이 움직이다가 이제는 몸을 흙 속에 담가야 하는 시기가 다가옴을 아는 것이다. 어찌 당신의 삶 속에 황홀한 자운영 꽃과 같은 시기가 없었겠는가? 그 시절이 그리워 지금 화단의 잡초 속에 숨어 있는 자운영을 귀신같이 찾아내서 우리한테 가르쳐주고 있는 것은 아닌가?

또렷해지는 죽음의 발자국

중환자실에서 아버지의 가슴에 찍힌 자국들을 본다. 심실心室의 박동이 불규칙적으로 뛰자 전기 자극을 줘서 정상적으로 되돌려 놓은 흔적이다. 저승사자가 데리러 왔다가 아직은 이르다는 저승세계의 긴급통신에 서둘러 되돌아간 신발 자국처럼 보인다. 어릴 적 이른 새벽, 소변보러 고향집 대문을 열고 마당에 나섰을 때 흰 눈밭에 만들어진 발자국을 보고, '이것은 호랑이 발자국일 거야.' '아냐, 늑대 발자국일 수도 있어.' '아냐, 귀신의 발자국일 거야.' 하고 상상하며 떨었던 것처럼 가슴이 울렁거린다.

아버지가 위독하니 어머니를 모시고 오는 것이 좋겠다는 의견을 형님한테 전한다. 잘못하면 두 분이 서로 눈 한번 맞춰보지 못하고 영영 이별할 수도 있겠다는 두려움이 엄습해

온다. 삶이란 결국 떨어져 있다가 모아지고 모여 있다가 떨어져가는 것이라 하더라도, 헤어질 때는 서로 눈인사라도 교환해야 나머지 여행이 쓸쓸하지 않을 것 같은 생각이 들어서다.

"그러마."

"아주 긴박하지는 않으니 조심해서 천천히 다녀오세요."

황급히 운전해 고향으로 달려가는 형님의 모습과, 당황해하며 흘러내리는 눈물을 흙 묻은 손으로 정신없이 닦아낼 어머니를 생각하며 덧붙인다.

오후 늦게 어머니가 병원에 도착하신다. 중환자실 입구에서 보호자 가운을 입혀드린다. 자식을 본 기쁨과 아버지의 위독함의 슬픔으로 얼굴 표정이 이상야릇하다. 슬픔 위에 기쁨이 덧칠해진 표정이다. 늙은 부모에게 자식의 음영은 골다공증으로 비어가는 뼛속에 뿌듯함과 믿음을 채워 넣어 뼈를 강화시키는 효과가 있는 듯도 하다. 텔레비전에서 본, 새끼들을 데리고 물속으로 항해를 시작하던 어미 거북의 등이 떠오른다. 바다에서의 항해가 순조롭지만은 않을 것이라는 것을 뻔히 알면서도, 자식들을 바닷가로 몰고 가는 어미 거북의 등은 뿌듯함으로 빠르게 움직이고 있었다. 자식들을 곁에 둔 어머니의 굽어 솟아오른 등도 자식들이 버팀목으로 밀어주는 듯 재빠르게 병실 안으로 이동한다.

아버지를 본 어머니의 첫 반응은 언어의 교환이 아니라 신체의 접촉이다. 한 손으로는 온기가 많지 않은 손을 붙잡고 다른 손으로는 귓바퀴를 어루만지고 얼굴을 쓰다듬는다. 한참 동안 눈물을 흘리신 후에야 "나를 아느냐?"고 묻는다. 서로의 존재를 아직 인식하고 있느냐가 가장 먼저 확인하고 싶은 것인 듯하다.

아버지가 눈을 뜨고 물끄러미 쳐다본다. 아는 표정을 짓는다. 아버지의 눈만 쳐다보던 어머니의 눈에는 안도의 빛과 함께 눈물이 솟아오른다. 그동안 가슴을 졸인 듯하다. 시커멓게 채색된 얼굴에 눈물이 골을 만들며 흐른다. 내 눈에도 갑자기 물기가 돈다. 슬픔은 슬픔을 불러오는 것 같다. 아버지가 불쌍해서가 아니라 어머니가 안됐다는 생각으로 코끝이 시리다.

얼굴을 쓰다듬고, 귓바퀴를 어루만지고, 손을 쓸어내리고, 가슴을 토닥거리다가, 발을 주무른다. 눈물방울이 발등에 떨어진다. 아버지는 말이 없다. 말을 걸어도 말을 할 수가 없다. 하염없이 울기만 하는 어머니를 이끌고 중환자실을 나온다.

"그때 밭에 가느라고 전화를 못 받았다."

어머니가 한스러운 한 마디를 한다. 아버지의 상태가 악화되기 얼마 전 요양병원에서 전화를 걸어 어머니를 찾은 때가 있었다. 밭으로 일하러 가서 통화를 하지 못했다. 그때 대화를 하지 못한 것을 아쉬워하고 있는 것이다. 그때가 두 분이 대화를 할 수 있었던 마지막 기회였다.

아버지가 갑자기 심근경색과 폐렴에 걸려 고향을 떠나 입원한지 10개월이 된다. 회복과 악화를 반복했지만 고향을 갈 수 있을 만큼 회복된 적은 한 번도 없었다. 고향을 떠난 그날이 아버지에게는 결국 고향을 본 마지막 순간이 된 것이다. 갈망하던 고향의 모습은 다시는 볼 수가 없을 것이다. 그것은 이미 아버지로부터 영구히 떠나버린 것이 된 것이다.

아버지는 지금 붙어있던 것들을 하나하나 떨어내고 있다. 고향을, 정신을, 그리고 언어를 떼어내고 있다. 태어난 후 가장 먼저 경험했던 할머니의 품안에서 느꼈던 촉감만을 붙들고 있다. 그것마저 잃어버리는 날, 당신의 뜨거운 피를 품어내던 심장은 멈출 것이다. 그리고는 흙으로 돌아가리라. 무無에서 생겨서 무로 돌아가는 것이다. 빈 공간의 원을 한 바퀴 획 긋고 사라지는 것이다.

삶은 능동태가 아니라 수동태일 뿐

아버지는 말이 없다. 말을 하려고 해도 할 수가 없다. 입에는 기관내삽입관이 여전히 끼워져 있다. 혈압을 올리는 약을 투입함으로써 혈압은 유지되고 있다. 고통을 느껴야 살아있다는 것을 인식할 수 있을 터인데 아는지 모르는지 눈만 감고 계신다. 한 번씩 폐포 속에서 갈갈거리며 끓어오르는 소리는 아버지의 일생을 이야기하는 듯도 하지만, 듣고 있는 나는 가슴이 답답하다.

아버지의 수액 속에는 심장 혈관을 뚫는 혈액 용해제가 섞여있다. 결국 소통의 문제인 것이다. 심장 혈관이 막혀 통함에 문제가 생기자 쇼크 상태에 빠진 것이다. 그것을 뚫고자 혈액 용해제가 흘러들어가고 있다. 내가 이렇게 아버지 곁에 붙어 간절히 눈이라도 뜨기를 바라고 있는 것은 눈으로라도 다시 소통하기를 원하기 때문인지도 모른다. 사람과 사람 사이에 소통이 끊어진다는 것은 이별을 의미한다. 그것이 영원하면 사별이다. 내 손의 온기가 아버지에게 전해지지 않고 아버지의 찬 손의 느낌이 나에게 전해지는 날 나는 눈물을 흘릴 것이다.

이틀 만에 아버지가 눈을 뜨신다. 한참동안 멍한 눈빛이었지만 나와 눈을 맞추기 시작한다. 어릴 적 전기가 없던 시절, 조무래기들은 희미한 달빛을 의지하여 밤길을 걷곤 했다. 달빛에 눈을 맞추면 마음이 통하는 느낌을 얻곤 했다. 포근하고 달콤한 안락감, 아버지가 지금 내 눈빛을 보고 그런 감정을 느끼고 계신지도 모른다. 어리둥절하고 두려움에 찬 눈빛이 눈을 맞추고 나면 온화하게 변하기 때문이다.

이틀이 지나 기관내삽입관을 제거했다. 가래는 한 번씩 숨결을 가쁘게 만들지만 뽑아주면 그런대로 잘 견디신다. 이제는 말로 소통할 수도 있게 되었다. 불편한 곳이 있으시냐고 물으면 "없다."고 분명히 말씀하신다. 그러더니 갑자기 "돼지고기 한 근 값이 얼마 하느냐?" 물으신다. 침묵하고 계신 동안 그것만 생각하셨는지도 모른다. 굶고 있는 동안 간절히 먹고 싶었던 것이 돼지고기였는지도 모르고, 돼지를 팔아서 내 등록금을 대야 했던 힘든 세월을 추억하고 있으셨는지도 모른다.

내 대학 등록금은 돼지가 책임졌다. 1월경에 새끼를 낳아 2월말에 새끼들을 팔았다. 그 돈으로 전 학기 등록금을 냈다.

다시 7월경에 새끼를 낳아 키워 8월에 팔았다. 그 돈으로 후학기 등록금을 해결했다. 돼지 값이 비싸면 돼지새끼 값도 비쌌고, 돼지고기 값이 싸면 새끼 값도 헐값이었다. 그래서 돼지고기 값이 중요했다. 대학을 마칠 때까지 값이 그런대로 적절하게 유지되어 무사히 대학을 마칠 수가 있었다. 지금 돼지에게서 대여한 등록금을 갚아야 할지도 모른다. 이자를 듬뿍 붙여 큰절하며 상응하는 액수만큼의 돈을 되돌려주어야 할는지도 모른다. 한 번에 열 마리에서 열두 마리 새끼를 낳곤 하던 돼지는 대학 졸업과 동시에 일생을 마감했다. 언젠가 어머니가 언뜻 그 돼지의 일생에 대하여 이야기를 해준 것 같은 희미한 기억이 있다. 지금의 심정은 그 돼지를 다시 살려내 팔지도, 잡지도 말고 그대로 자연사시켜 묻어주고 싶은 심정이다.

혈압 상승 약을 끊어도 혈압이 유지되던 날 아버지는 중환자실에서 나왔다. 중환자실이란 '죽음'에 대하여 무덤덤해지기가 쉬운 곳이다. 이곳저곳에서 몇 사람 죽어나가는 것을 본 다음에는 죽음이란 그저 옆에 존재하는 친숙한 어떤 단어같이 느껴지기도 한다. 처음에야 죽음을 보고 괴로워도 하고 무서워도 하지만, 한 달만 근무하고 나면 죽음은 하나의 일상으로 인식된다. 적응된다는 것이 그렇게 무서운 것이다.

아버지가 건강하게 살아 계실 때에는 당연한 것으로 생각했다. 편찮으시니 아버지의 건강이 우리 가족들에게 얼마나 귀중한지를 깨닫는다. 혹시나 병환이 오래 지속되면 아버지가 본래부터 그렇게 아팠던 분으로 인식하고 방치하게 될지도 모른다는 두려움이 인다.

일반병실로 옮긴 아버지는 아직 위태위태하다. 언제 또다시 갑자기 혈압이 떨어지고 숨이 막힐지도 모른다. 옆에 붙어 있던 나에게 갑자기 "이게 어찌 사는 거냐."고 말씀을 하신다. 작은 목소리로 "그렇게 산다."라고 대답해드린다. 속으로 덧붙인다. '우리가 사는 것이 아니고 살아진다.'고. '아버지가 사는 것이 아니라 살아 갈 수밖에 없다.'고.

상태가 악화되면 의료진들은 아버지의 의지와 관계없이 또다시 최선을 다해 살려낼 것이다. 거기에는 삶의 의미가 있느냐 없느냐가 중요하지 않다. 살아있는 생명체이기 때문에 살려내는 것이다. 우리들도 마찬가지 일 것이다. 살아가는 것이 아니라 살아지고 있는지도 모른다. 의미가 있어서 살아가는 것이 아니라 태어났기 때문에 살아가고 있는지도 모른다. 능동이 아니라 피동으로 말이다. 아버지도, 나도, 그리고 내 주위 많은 사람들도 다 그렇게 살아왔고 앞으로도 그렇게 살아갈 것이다.

서쪽 하늘을 향한 여행

아버지를 다시 우리 병원 중환자실로 옮겼다. 혈액검사 결과 빈혈이 심하여 수혈을 한다. 수혈 백 도관을 타고 혈액이 앙상한 아버지의 팔뚝을 타고 몸속으로 사라진다. 생명을 연장시켜주는 영험이 혈액에 들어있는 것 같은 생각도 한다. 부질없다고 머리를 흔든다. 위독할 때 손가락을 잘라 피를 입안에 떨어뜨려줌으로써 생명을 구했다는 옛날 설화가 떠오른다. 수혈할 줄 알았으면 헌혈을 해서 내 피를 아버지께 드릴 걸 하는 아쉬움도 든다. 마지막 가시는 아버지의 몸에 내 피를 섞어드리고 싶어서다.

담당의사는 어디에서 출혈이 되는지 모르겠다고 한다. 혈색소 수치가 계속 떨어져 수혈을 해야 할 정도로 빈혈이 심해졌다고 한다. 줄어드는 혈색소 수치에 비례해서 아버지의 생명도 줄어드는 것 같다. 어디에서 출혈이 되는지 모르게 빈혈이 생기듯이, 아버지의 생명도 어디로 새는지 모르게 짧아지고 있다는 생각이 든다.

　혈액 백을 볼 때마다 모양이 심장을 닮은 것 같다는 생각을 한다. 흉부외과 수술실에서 보았던, 벌떡벌떡 뛰던 심장의 모양이 자꾸만 떠오른다. 영혼의 삶은 뇌에 존재하지만 생물학적 생명은 심장에 들어있는 것 같다. 아버지의 뇌가 지금 주위에 있는 사물이나 인물을 어느 정도 인식하고 있는지 알 수가 없다. 뇌에 남아있는 기억이 어떤 것들인지도 모른다. 아버지가 보이는 반응은 내가 "아버지"라고 부를 때만 잠깐 눈을 떴다가 감는 것뿐이다. 나를 잠깐 보지만 아는지 모르는지 표정이 없다. 그렇지만 아버지의 심장은 뛰고 숨을 쉰다. 결국 심장은 수혈을 받음으로써 어느 정도 힘을 얻어 더 뛰겠지만 머릿속의 기능을 항진시키지는 못할 것이다. 담당의사도 나도 뇌의 기능을 회복시킬 방법은 없다.

　아버지는 한 번도 수술을 받은 적이 없다. 수혈도 이번이 처음이다. 할머니의 제대臍帶로부터 받은 아버지의 핏속에는 남의 피가 섞이지 않았다. 나는 그 순수한 피를 받았다. 핏속에 섞인 아버지의 모습을 닮았고, 성질을 닮았고, 그리고 지능을 닮았다. 고집스러움도 닮았고, 남을 무시하는 듯한 표정도 닮았고, 남의 문제에 냉정한 태도를 보이는 것도 닮았고, 남 앞에 나서면 허풍스런 자신감을 보이는 태도도 닮았다. 나는 아버지의 피를 받아 그 속에 들어있는 유전자를 받은 것이다. 아무리 발버둥을 쳐도 내 핏속에 붙어있는 유전자는 떨어지지 않는다. 앞으로도 계속 붙어있을 것이다. 일부는 내 아이들의 피 속에까지도 존재할 것이다.

수혈 백 도관을 타고 흐르는 혈액을 물끄러미 바라본다. 검붉다. 늦은 봄이면 고향집 뒷산에 핏빛으로 피던 진달래가 떠오른다. 꽃밭에 앉아 맞은 편 아버지가 경영하던 정미소를 하염없이 바라보던 때를 기억한다. 꽃을 씹으며 시골에서 탈출하고 싶은 욕망을 달랬었다. 약간은 떫은맛으로 울컥하는 가슴을 진정시켰다. 자식 팔남매와 할아버지를 모시고 살아가던 아버지의 그때 삶의 색이 진달래를 씹을 때 입 언저리로 흘러내리던 핏빛이 아니었나 생각한다. 시간이 지나면서 그 색이 자줏빛으로 변하듯이 아버지의 삶에도 열정이 식을 때가 온 것이라고 생각한다.

15층 아파트 창문에서 보는 일출은 하늘을 핏빛으로 만드는 때가 있다. 그때도 무척 아름답다. 그러나 그 아름다움은 강한 자의 억누름 같은 반감을 일으킨다. 한편 석양의 바다에서 반사되면서 하늘을 색칠하는 황혼의 찬란한 핏빛의 아름다움은, 사라져가는 애달픔과 약자의 동정심을 일으켜 황홀한 꿈을 꾸게 한다. 아버지의 삶도 한 줌의 황홀한 꿈을 우리들에게 남겨주면서 떠나가고 있다.

아들도 못 알아보고 추석도 잊고

추석명절은 고향을 생각나게 한다. 많은 이야기와 그림이 주렁주렁 달려 나온다. 할아버지에 대한 기억, 아버지와 어머니의 모습, 어릴 적 친구들의 모습, 그들과의 추억, 애틋한 풋사랑에 대한 떫은 맛, 사라져 가는 고향의 옛 모습, 등등….자꾸만 머릿속에서, 그림이나 사진이 있는 책장을 넘기듯, 끝도 없이 이야기와 풍경이 뽑아져 나온다.

명절 때 고향집은 흩어진 가족의 중심이다. 떠나간 형제들이 자석의 힘에 이끌리듯 돌아온다. 힘의 원천은 고향집에서 대대로 살았던 조상들, 혼이 담긴 묘들, 부모님들, 그리고 어릴 적 말랑말랑한 대뇌에 새겨진 마음 아리게 하는 추억들이다. 마치 회귀의 본성을 드러내듯 사람들은 자꾸만 명절에 고향집으로 모여든다.

끄는 힘의 중심은 부모님이다. 무게의 중심을 잡는 것은 아버지의 권위다. 그것의 무게가 무거워야 흔들림이 없다. 형제 간 다툼이 없고 고향집과 근거리를 두면서 떨어져 나가지 않는다. 거미줄같이 그들을 묶어 매어 가족의 형태를 유지한다.

아버지가 안 계신 고향집은 무언가 힘이 빠진 느낌이다. 고향에서 차례를 올리기 위해 집을 나섰지만 무언가 허전하다. 가슴에서 중요한 구슬이라도 빠져나간 듯 뻥 뚫린 느낌이다. 끌어당기는 힘이 영 없다. 신도 나지 않는다. 병원에 입원해 있는 아버지가 무척 안쓰럽다.

고향에 가기 전 아버지가 입원해 계신 노인 병원을 찾았다. 상태가 많이 안정되어 우리 병원에서 동생이 살고 있는, 고향과 가까운 D시의 노인 병원으로 전원했었다.

병실에 들어서자 나를 발견한 아버지가 빙긋 웃으신다. 순간 안심한다. 알아본다는 사실이 안도감을 준다. 아버지의 휠체어를 몰던 간병인이 내가 누구냐고 묻는다.

"동생이지 머."

멍하다. 어떻게 내가 아버지의 동생인가? 간병인이 또 묻는다. 내가 누구냐고.

"동생이지 머."

빙글빙글 웃으시며 대답하는 아버지를 물끄러미 바라본다. 무엇이 당신의 뇌 속에서 기억을 가져가고, 그렇게 냉철하고 면도날 같던 이지理智를 무디게 만들었는지 궁금하다.

"아버지, 내일이 추석입니다. 고향집에 가는 길에 들렀습니다. 추석, 아시겠어요?"

"추석, 몰라. 이제는 기억이 없어."

모른다고 대답하시는 모습을 보니 우울하다. 명절 때면 잊지 말고 고향집에 와서 조상님께 차례지내라고 자식들에게 호통 치던 아버지였다. 자식 중 하나라도 빠지면 "그것은 조상에 대한 후손의 도리가 아니다."라고 전화통을 붙잡고 불같은 꾸지람을 하시던 분이었다.

아내가 집에서 끓여간 전복죽을 드린다. 우물우물 죽만 넘기고 전복은 가려낸다. 죽이 입가로 흘러내린다. 코흘리개 시절, 자식들에게 한 번도 따뜻한 모습을 보여주지 않던 아버지가 어느 날 감기가 걸려 끙끙거리며 앓고 있던 내 콧물을 닦아주던 때가 기억난다. 뭉툭한 손으로 휴지를 푹 찢어 아무렇게나 획 닦아주면서 "사내자식이 고뿔은…."하시던 말. 그 한마디로 다음날 흘흘 털고 일어났던, 부정에 굶주렸던 시기에 생명수 같았던 투박한 손길과 다정했던 한 마디. 나도 짐짓 냉정한 척하며 휴지를 푹 찢어 투박하게 아버지 입가에서 흘러내리는 죽을 닦아 드린다. 그리고 속으로 중얼거린다.

"아버지, 내일이 추석이에요. 조상님께 차례를 지내야 하잖아요. 그렇게 하려면 목욕도 해야 하고 옷도 깨끗한 옷으로 갈아입어야 하는데 이렇게 자꾸 음식을 흘리면 어떻게 해요? 제가 고뿔 앓을 때 '사내자식이….'라는 말을 듣고 벌떡 일어났듯이, 저도 아버지에게 우리 가문 종손이라는 말을 할 테니 그 말을 듣고 벌떡 일어나서야 해요. 그래야 고향에 가서 조상님께 차례를 지내시잖아요."

다시 한 번 더 입가로 흘러내리는 죽 찌꺼기를 닦아드린다. 그리고 내 눈가로 흐르는 물기를 닦는다.

삶이란 둥근 원이다

응급실은 언제나 혼돈의 장소다. 생生과 사死가 흔히 공존한다. 삶에서 죽음으로 넘어가는 경계선이 이곳저곳에 그어져 있다. 우르르 죽음의 그림자들이 몰려왔다가 하나 둘 물러가기도 한다. 죽음 쪽에서 삶 쪽으로 넘어오기도 하고 삶에서 죽음으로 넘어가기도 한다.

응급실에서 인간들은 기계다. 의료인들도 기계적으로 움직이고 환자들도 기계처럼 취급된다. 환자가 들어오면 혈압과 맥박과 체온이 체크되고 옷들이 벗겨진다. 간단한 병력이 청취되고 정맥에 도관이 삽입된다. 이 관을 통하여 채혈이 이루어진 후 수액 공급관이 연결된다. 소변관이 삽입되고 산소 공급관이 코에 씌워진다.

노인병원에서 상태가 악화된 아버지가 응급실에 들어오자

젖은 기저귀가 벗겨지고 소변 줄이 끼워진다. 토해서 더러워
진 옷도 벗겨진다. 심전도를 찍기 위한 부착물들이 앙상한 가
슴의 여러 곳과 팔다리에 부착된다. 거품 같은 가래가 숨길을
막곤 한다. 기관내삽입관이 삽입된다. 중심정맥압 도관이 삽
입될 때 이마를 잠깐 찡그린다. 그것으로 움직임을 끝내고 잠
잠하다. 내가 이 병원에 근무하는 교수지만 간호사는 전혀 알
아보지 못하고 냉정했다.

"OOO 보호자죠? 이것을 수납하고 오세요."

환자와 의료인과의 관계는 수평관계가 될 수가 없다. 위세
에 눌린 나는 응급실을 나와 수납계로 간다. 직원이 알아보고
일을 빨리 처리해준다. 병원에 아는 사람이 있어야 한다는 말
이 실감난다. 응급실에 돌아와 수납증을 간호사한테 내민다.
바쁘게 움직이던 인턴이 알아보고 인사를 한다. 자리를 떠나
응급실 밖으로 나온다. 텔레비전에서는 한국 시리즈 야구 결
승전이 중계되고 있다.

멍하니 야구 경기를 잠깐 본다. 연구실로 발걸음을 옮긴다.
기관내삽입관을 입에 문 아버지의 눈은 기둥에 목사리로 묶
인 개의 슬픈 눈을 닮아 있다. 풀어 달라고 쳐다보던 눈빛이
보기 싫다. 연구실 창문 밖으로는 어둠이 깔리고 있다. 건물
의 불빛이 하나둘 늘어난다. 멍한 기분이다. 하루 종일 정신
없이 왔다 갔다 한 것 같다. 아버지의 삶이 혹시나 끝나지도
않나 하는 생각이 불현듯 들기도 한다.

가운을 입고 다시 응급실로 내려간다. 이제야 간호사도 의사도 나를 알아본다. 가운이 사람을 다르게 만드는 모양이다. 허름한 점퍼 차림의 나는 내가 아니었던 모양이다. 아버지를 담당한 전공의가 다가와 아버지의 상태와 치료 계획을 설명해 준다.

심경색이 왔는데 치명적으로 오지는 않아서 다행이다, 폐렴이 동반되어 기관내삽입관은 당분간 유지해야 하겠다, 아버지를 중환자실로 옮기겠다, 위급한 상황이 오늘 밤 발생할 수도 있다는 내용이다. 아버지의 이동침대를 따라 중환자실로 올라간다.

중환자실은 나에게 친숙한 장소다. 하루에도 한두 번씩 둘러보는 장소다. 아버지가 입원한 중환자실은 우리 과 병실이 아니고 내과계다. 입원한 아버지는 인간이라기보다 하나의 생물체처럼 보인다. 움직이지도 않고, 말도 하지 못한다. 두려운 듯 나를 처다보고 있는 눈은 많은 이야기를 하고 싶어 하는 눈치다. 지금 나에게 가장 하고 싶은 말은 무엇일까? 가장 하고 싶은 일은 무엇일까? 가장 아쉽게 생각하고 계신 것은 무엇일까?

지금 불편한 점을 이야기 하는 것이 아버지가 가장 원하는 것이 아닐까 생각하다. 남과 소통하는 데 가장 흔히 사용하는 것이 언어다. 생각하는 것, 불편한 것, 좋아하는 것, 모든 것을 언어를 통해서 전달한다. 신체적 접촉도 일부 역할을 하지만 그 기능은 극히 적다. 아버지는 엄격했다. 자식인 우리들과는 곰살스런운 대화를 하지 않았다. 대화를 한다 해도 종류가 단순했고 길이도 짧았다. 그런 아버지가 지금은 대화를 가장 필요로 하신다. 대화를 한다는 것이 축복받은 일인데 지금까지 그것을 간과하시고 살아오셨는지도 모른다.

아버지가 사용할 기저귀와 휴지들을 사기 위하여 중환자실을 나온다. 이제 내 어릴 적 착용하던 기저귀를 아버지한테 착용시키려 하고 있다. 세대가 한 바퀴 돈 것이다. 아버지는 삶이란 원을 거의 한 바퀴 돌아 다시 출발점으로 다가 오고 있는 것이다. 태어나서 성장하고, 한참동안 정지된 상태로 머물다가 다시 쇠퇴하여 출발점으로 돌아오는 것이다. 나도 얼마 후면 아버지와 똑 같은 모습으로 변할 것이다. 기저귀를 차는 삶을 살지도 모른다. 인간의 삶이란 비슷하기 때문에, 더구나 나와 아버지는 이 세상에서 제일 닮은 사람이기 때문에 가장 비슷한 삶을 살 것이다.

불편하게 누워계신 아버지를 잘 돌보아야겠다. 지금 아버지의 모습이 내 미래의 모습이기 때문이다. 인간은 모두 똑같다. 태어날 때 똑같이 발가벗고 태어나고 죽을 때 똑같이 발가벗고 떠난다. 태어나서 배설물을 기저귀에 싸듯이 늙어 죽기 전에도 배설물을 기저귀에 싼다. 삶이란 둥근 원이다. 출발했다가 다시 출발점으로 돌아오는 것이다. 지구가 둥글듯이 삶도 둥근 모양이다.

비상을 위한 기도

아버지는 이제 웃지 않는다. 눈도 맞춰주지 않는다. "아버지" 하고 여러 번 귀에 대고 부르고 어깨살을 꼬집어야 겨우한 번씩 눈을 뜨신다. 내가 누구냐고 물어도 대답이 없다. 섭섭한 마음이 울적한 마음으로 변한다. 병실에 들어오면 한 번씩 티 없이 웃어주던 아버지다. 입 주위에서 미세하게 움직이던 근육들은 아침 햇살에 피어나던 꽃잎들의 움직임처럼 비밀스러웠다. 밀물처럼 언제 왔는지도 모르게 입을 움직여 놓곤 했다. 그 웃음이 그렇게 반가웠는데 이제는 볼 수가 없다.

피부는 고치를 짓기 전의 누에처럼 말갛고 희다. 피들은 모두 어디로 떠났는지 손톱 밑은 붉은색 하나 없이 회색으로 변해 있다. 손을 잡으니 마른나무 줄기를 만지듯 거칠고 질기다. 온기가 하나 없이 차다. 손을 뒤집는다. 말간 피부 밑으로 뼈만 만져진다. 사람이 마르면 뼈만 남는다고 하는데 정말로 피골이 상접이다. 영혼이 떠나기 전 육체가 먼저 떠나는 것 같다. 육肉이 떠난 후에 영靈이 떠나고, 영도 무거우면 하늘로 오르기가 힘들어 무게를 줄이고 있는 모양이다.

앙상한 가슴팍이 보기 싫어 홑이불을 끌어올려 덮어 드린다. 번데기처럼 주름 잡힌 피부가 가려진다. 한때는 저 앙상한 가슴속에서도 용광로 같았던 꿈이 이글거렸을 것이다. 심장은 가족에 대한 사랑과 걱정으로 한순간도 쉬지 못하고 달리고 달렸을 것이다. 어떤 때는 그리움을 위하여 저 속을 비워두고 채워놓을 어떤 사람을 애태워 기다리며 밤을 새우기도 했었을 것이다.

끌어올린 홑이불 밖으로 다리가 튀어나온다. 무릎에서 굽혀져 웅크려 있다. 태반을 배꼽에 달고 자궁 속에서 꿈을 키우던 모습과 닮았다. 고치 같던 자궁을 열고 겁 없이 사바娑婆의 세계 속으로 뛰어들었다. 사지를 쭉 펴고 태양 광선에 한껏 반항하듯 몸도 한때 태웠었다. 자신도 모르게 불같던 용기가 스러지던 때, 주름을 잡으며 우화등선羽化登仙 먼 세상으로의 비상을 꿈꾸었다. 겨드랑이에서 날개가 돋아나는 환상을 꿈꾸며 소나무 숲으로 둘러싸인 삼밭에서 길러낸 삼으로 고치를 지을 준비도 했다. 며칠 밤 밤잠을 설치며 베틀에서 짠삼베로 고치를 짓고 그 속에 편안히 누워 번데기에서 나비로의 환생을 꿈꾸기도 했다.

불편한 데는 없느냐고 물어도 대답이 없다. 번데기 같은 주름살만 약간 움직인다. 그래도 기분 좋은 꿈을 꾸는지 얼굴은 편안하다. 이제 얼마 있지 않으면 고향집 뒷산 맑은 공기 속에 고치를 짓고 그 속에 번데기 같이 안착할 것이다. 언젠가는 애벌레로 변신하여 고치를 뚫고 다시 나올 것이다. 나비가 되어 그리워하던 고향집 안방, 뒷방, 사랑방을 이리저리 둘러보기도 하고, 맑은 바람타고 훨훨 하늘 높이 날아올라가기도 할 것이다. 아버지가 그렇게도 아끼던 하얀 한복을 단정히 입고 부채를 나비 날개같이 하늘하늘 흔들면서, 우화등선, 신선 같이 비상할 것이다.

제2부

의사도 아프다

새로 꾸는 꿈

눈을 뜬다. 누군가의 모습이 희미하게 보인다. 흐릿한 초점을 맞추려고 미간을 찡그린다. 아내의 모습 같다. 간호사의 모습이 보이지 않는 것으로 보아 중환자실은 아닌 것 같다. 돌아온 것이다. 레테(Lethe)의 망각의 강을 건넜던 혼령이 다시 이승으로 돌아온 것이다. 수액줄을 따라 흐르던 마취제, 그것은 망각의 강물처럼 한 방울, 두 방울 내 몸속으로 들어와 기억을 모두 가져갔었다. 수술 받던 그 기간의 기억들을.

기억을 상실한다는 것은 슬픈 일이다. 그 기간 동안 무슨 일이 일어났는지 궁금하기도 하고 불안하기도 하다. 수술실로 밀어넣어졌던 기억, 다시는 수술대에 누워 있는 내 모습을 보지 않으려고 했다는 간호사의 동정 어린 한 마디, 말없이 다가와 마취를 걸던 마취과 교수의 얼굴, 그 후 망각의 물을 마신 듯 잃어버린 기억, 희미하다가 선명해지는 아내의 모습, 뚜렷이 보이는 옷장, 벽에 붙은 텔레비전 화면…, 병실로 다시 돌아온 것이다.

몸을 약간 움직이니 옆구리가 땅긴다. 무의식적으로 신음소리를 내니 아내가 다가와 내 의식이 돌아온 것을 확인한다. 아내의 눈에 눈물이 고여 있다. 내 눈에도 눈물이 핑 돈다. '미안하다' '용서해 달라'는 말만 떠오른다. 어디서 읽었던가. 남편에게 '외도하는 것, 그것은 견딜 수 있어도 건강 잃는 모습은 용서할 수 없다'고 했다는 어느 분의 말, 가슴이 울컥한다.

예상했던 것보다 아픔이 심하다. 기침할 때마다 상처 부위가 뜨끔거리며 나를 긴장시킨다. 아프다는 것은 살아있다는 증거라는데 그래도 괴롭다. 태어날 때는 어머니의 아픔 속에서 편안하게 이 세상에 나왔지만, 돌아갈 때는 자신의 고통 속에서 괴로워하며 가는 것인지도 모르겠다.

고개를 돌려 아픈 옆구리를 바라본다. 수술 자리인 가슴벽에는 반창고가 더덕더덕 붙어있고, 두 개의 고무 튜브가 상처 부위에서 나와 병실 바닥에 놓여 있는 배액통과 연결되어 있다. 수술 부위에서 흘러나오는 피는 튜브를 타고 배액통에 모인다. 물과 피가 섞인 액체가 숨을 쉴 때마다 오르락내리락하고 있다. 그 모습을 보자, 어릴 적 보았던 돼지를 도살할 때의 광경, 돼지가 숨을 쉴 때마다 울컥울컥 목에서 쏟아지던 피가 연상된다.

배액통을 물끄러미 바라본다. 공기 방울들이 숨 쉴 때마다 방울방울 물속에서 솟아올라 표면으로 사라지고 있다. 코에 꽂혀 있는 카테터를 통해 산소가 폐로 들어오고, 탄산가스가 고무 튜브를 타고 배액통으로 배출되었다가, 수면 위로 떠올라와 공기 중으로 사라지는 모습이다. 나는 숨을 쉬고 있는 것이다. 뽀글뽀글 물속에서 솟아오르는 공기 방울을 보면 그것은 확실하다. 숨을 쉰다는 것은 살아 있다는 증거다.

죽음이란 무엇일까. 누구나 자신 속에 갖고 있는 것, 평소에는 전혀 관심이 없다가 병실 침대에 누워있으면 실감하는 것, 이 병만 낫게 해준다면, 다시 생명만 돌려준다면, 남은 생애 천사 같은 마음으로 살아가겠다고 맹세하도록 하는 것, 평범한 일상이 정말로 행복이었다는 것을 깨닫도록 하는 것, 아내를 포함한 가족들에게, 이웃들에게 정말로 진정한 감사함을 가르쳐 주는 것, 그리고 결국 죽음은 운명에 따라 결정되는 것이라는 것을 깨닫도록 해주는 것….

아내를 물끄러미 바라본다. 내 아픈 모습보다 아내의 모습이 더 안돼 보인다. 흰 머리카락이 무척 많아진 것 같고, 주름살도 깊어지고 숫자도 더해진 것 같다. 아내에게 죄를 짓는다는 생각이 엄습한다. 아내가 지어 준 밥을 먹고 잔소리를 들으면서, 병실이 아닌 병원으로 출근하던 때가 행복했었다는 생각이 든다. 아내가 타 준 커피를 마시면서 아파트 창문을 통해 뒷산의 숲을 바라보던 기억, 주렁주렁 달렸던 아카시아 꽃을 바라보면서 꽃향기는 왜 없지, 하고 코를 이리저리 벌름 거리던 기억, 뒷산으로 산보하자는 아내의 청을 뿌리치고 테니스 경기를 하고 와서 한참 동안 잔소리를 듣던 기억…. 지금 생각하면 그런 것들이 모두 행복한 순간들이었다는 것을 깨닫는다.

수술한 집도의가 회진을 왔다. 얼굴이 나보다 더 핼쑥하다. 상처 부위가 아프냐고 묻는다. 무척 아프다고 대답한다. 두 번째 수술이어서 유착이 심하고 늑골도 골절시켰기 때문에 그럴 것이라고 대답한다. 수술하는 데도 무척 어려움을 겪었다고 술회한다. 수술하기 전에는 간단하다고 해놓고는. 내가 농담을 하면서 주치의를 위로한다. 어찌 아는 사람을, 가족이나 동료를 수술하는 것이 쉬운 일인가. 익숙한 것에 대한 낯설게 하기의 미숙함, 그것은 어쩔 수 없는 인간의 본성이 아닌가.

주치의가 말한다. 왼쪽 것도 수술해야 하는데 다음에 하자고. 우울하다. 반대 측 폐까지 전이되었다면 4기期다. 5년 생존율 0%이고 2년 생존율 50%이다. '왜 한꺼번에 수술하지.' 속으로 중얼거린다. 양쪽을 한꺼번에 수술하면 폐 기능이 떨어져 위험하기 때문에 그렇게 할 수가 없었다고 말한다. 주치의가 나가자 아내가 훌쩍거린다. 나도 우울하다. 그렇지만 어떻게 하겠는가. 주치의에게 모든 것을 맡겨야지.

희망을 가져야 하겠다고 다짐한다. 희망을 버리는 것은 삶을 포기한다는 것과 같다는 생각이 들어서다. 판도라 상자에는 아직 희망이 남아있지 않은가. 일생 동안 도저히 이루어질 수 없는 것이라 해도 꿈은 꿔야겠다. 버지니아 울프가 쓴 〈등대로〉에서 램지 일가가 등대로 가고자 하는 꿈을 10년 이상 꾸다가 마침내 등대에 다가가듯이, 나도 꿈을 꾸고 그 꿈을 이루고자 하는 희망을 가져야겠다.

조용히 눈을 감고 꿈을 꾼다. 자전거를 타고 전국 일주하기, 조그만 오두막집을 산골에 짓고 마음껏 책 읽고 글쓰기, 컨테이너 집을 호숫가에 짓고 낚시하면서 소로우 흉내 내기, 그리고…. 많은 꿈을 꾸고, 이루고자 하는 희망을 가지면서 나머지 삶을 보내고 싶다.

살아있음에 대한 노래를*

다리를 건넌다. 내를 건너면 대웅전이다. 다리 밑을 흐르는
물은 발뒤꿈치를 들고 걷듯 조용조용 흐른다. 검고 투박한 듯
한 겨울의 인상이 물에 투영되어 정중하고 무거운 듯한 걸음
걸이를 보이는 것 같기도 하다. 골짜기 위쪽에는 얼음이 아직
물 위를 덮고 있고 소沼 중앙에는 얼음들이 녹아 봄빛을 맞으
려는 듯 가만히 가슴을 열고 있다.

물속에는 몇 마리의 산천어들이 유영하는 모습이 보인다.
날씨가 추우면 얼음은 산천어들을 보호하기 위하여 두께를
더한다는 글을 읽은 적이 있는데, 날씨가 풀리니 소沼가 몸을
풀고 산천어들에게 바깥 구경을 시켜주고 있는 듯하다. 인간
이나 자연이나 살아간다는 것은 결국 보듬고 안고 간다는 것,
약하게 보이면 보듬어 안고 강한 듯 설치면 버릇없음을 탓하

듯 한 번씩 꾸지람을 준다는 것, 결국 내 아픔도 매를 들어 나에게 가르침을 주려는 뜻이 아니겠는가.

수술을 받고 침대에 누워 괴로워할 때 아내가 이야기했었다. 꿈이라고, 지나고 나면 꿈처럼 느껴질 것이니 참으라고, 아픔이 다 그렇지 않던가. 한순간은 계속될 듯이 겁을 주다가 어느 순간 문득 사라지는 것, 회복하고 나면, 아픔을 벗어나고 나면 정말로 언제 그렇게 아팠느냐고 꿈 이야기를 하듯이 웃으면서 말할 수 있는 것, 그런 것이 아니던가.

대웅전 앞마당으로 들어서니 몸을 비틀고 서 있는 향나무가 있다. 보호수라는 팻말이 붙어 있듯이 수령이 오래된 듯 자태가 우람하고 귀한 모습이다. 가지를 자른 자리가 동물의 속살을 베어낸 듯 붉다. 저 붉은 살, 설익은 스테이크를 칼로 잘랐을 때 보이는 듯한 저 색, 입가로 육즙을 흘리며 씹어 삼키는 타자의 단백질, 약자는 강자에게 먹혀야 된다는 원시적 삶에서부터의 죄의식, 그래서 제사 때 향나무의 살점 같은 붉은 조각을 베어내어 향불을 피우면서 인간들은 원죄를 조상 앞에서 빌고 무릎을 꿇는지도 모른다.

향나무를 보면 또한 숙모의 절규와 어릴 적 사라져간 사촌들의 모습이 떠오른다. 숙모는 여러 명의 사촌들을 낳았지만 하나같이 모두 어릴 적에 죽었다. 지금 생각하면 사인死因이 논가에 돌로 쌓아 만든 비위생적인 우물물을 식수로 사용했기 때문에 생긴 장내 세균에 의한 설사와 탈수로 생각되지만,

그 시절에는 건드리지 말아야 할 조상의 물건을 건드려서 생긴 동티로 간주했었다. 그래서였는지 어린 사촌이 숨을 거둔 다음날이면 어김없이 울긋불긋한 옷들이 입혀진, 짚으로 만든 인형들이 우물 옆의 향나무에 여러 개 걸려 있곤 했다.

아내는 저만치 대웅전 앞을 서성이고 있다. 부처님에게 내 병의 회복을 감사하고 앞으로의 안위를 빌고 있는 듯하다. 주위 풍경을 이리저리 둘러보다가 장을 담근 단지들이 가지런히 놓여있는 곳으로 발걸음을 옮긴다. 장의 재료가 된 콩과 장 담그는 과정을 상상해 본다.

콩은 오랫동안 뜨거운 태양 빛과 온화한 저녁 달빛과 차가운 새벽 별빛을 하나하나 가슴에 담아 몸피를 키우다가 꼬투리를 트고 밖으로 튀어 나왔을 것이다. 물에 씻겨 솥에 넣어지고 낙엽과 장작불로 데워졌을 것이다. 솥 안에 열이 가득 차면 콩의 영혼은 스르르 빠져나와 솟아오르는 김으로 탈바꿈하여 자신의 굳은 몸을 부드럽게 만들었을 것이다. 망가져야 새로움이 탄생한다고 서로 엉키고 으깨져 외형을 바꾸어 메주로 변해서 저 단지들에 담기어 짜디짠 간장의 졸임을 가슴으로 받아들였을 것이다.

단지 속에서 솔잎들의 속삭임과 개울물의 조잘거림을 얼마간 듣다가 맑은 태양 빛으로 짠맛의 강도를 높이고자 뚜껑을 열어 놓는 날 낮에는 수분을 날려 보내 졸임의 강도를 높였을 것이다. 보름밤에는 만월의 달빛으로 몸을 씻어 청아함을 유지했을 것이며 초승달과 그믐달의 밤에는 부족함의 미덕을 배웠을 것이다. 그러한 인고의 시간을 보낸 후에야 머리를 깎고 속세의 먼지를 털고자 밤새워 고뇌하는 자들의 배고픔을 채워주게 되었을 것이다.

망념妄念에 빠져있는 중에 갑자기 기침이 난다. 수술 받은 쪽 가슴이 결린다. 가슴을 움켜쥔다. 괴롭다. 세 번이나 가슴을 열고 들어낸 덩어리, 성장이 남달리 빠르다고 움켜쥐어 뜯어낸 붉은 살, 암이라는 덩어리는 정말로 꽃이 될 수 있을까? 원수를 사랑하는 사람은 정말로 암 덩어리를 사랑할 수 있을까?

옆구리에 길게 그어진 사선의 상처는 가슴속 아픔이 드나들었던 길일 것이다. 앞으로도 살아가면서 그 상처는 한 번씩 경고의 붉은 등을 켤 수도 있으며 내 삶이 이것뿐인가 하는 아쉬움을 줄 수도 있다. 그렇지만 다른 한편으로 생각하면 그것은 하나의 안도감, 평화로움을 줄 수도 있다. 끝이 보이지 않아 영원할 것으로 생각하던 삶의 경계점이 저만치일 것이라는 것을 알려주기도 하고, 이제 더 이상 내일을 위해 준비하는 것이 아니라 지금 이 순간을 위해서 살라는 가르침을 주기도 한다.

어찌 하겠는가, 삶이란 유한有限한 것이 아닌가. 유한함을 어렴풋이 알면서도 무한無限한 것처럼 사는 것이 우리네가 아닌가. 갑자기 한순간 한순간의 삶이 아름다워 보인다. 어쩌면 찬란하기까지 하다. 죽음을 선고받았다가 생명을 다시 받은 기분, 산사의 경내로 비쳐드는 삼월의 햇빛을 그냥 주어버리는 것이 아깝고 아쉽다. 살아 있음에 감사하고 하루하루 살아 있음이 왜 이리 황홀한가.

*오정희의 산문집 제목에서 따왔음.

의사도 아프다

내가 가끔 감기라도 걸려 외래에 나타나면 정이 든 환자들은 묻는다. 의사도 아프냐고.

몸에 이상이 생겨 치료를 받았다. 4년여 전 수술 받았던 오른쪽 폐의 병이 재발해서 수술 받았고, 왼쪽 폐에도 새로 생겨 수술을 받았다. 처음 재발한 부위를 수술 받을 때 절망했고, 왼쪽 폐의 덩어리를 또 들어내려고 할 때 부끄러웠다.

설전에 수술을 받았기 때문에 구정에 고향에 갈 수가 없었다. 아내가 구십이 다 된 어머니에게 '내가 병원 일이 바쁘기 때문에 설에 고향에 갈 수가 없다'고 전화를 드렸다. 어머니는 그렇게 아는 듯했다. '바쁘다'는 핑계는 나의 모든 게으름을 용서해주는 만병통치약이었다. "그려, 너는 원채 바쁜 사람이니께 안 와도 돼야."

설이 지난 어느 날 어머니에게서 전화가 왔다. 혹시나 전화 상에 신음소리라도 들릴까 봐 아내더러 전화를 받으라고 했다. 아내는 얼마 동안 전화기에 매달려 있다가 왔다. 무슨 이야기를 그렇게 오래하였느냐고 묻자, 어머니가 나의 근황에 대하여 끊임없이 질문을 해서 곤욕을 치렀다고 대답해 주었다. 어머니는 무언가 이상한 낌새를 느끼신 것 같았다. 바쁘다는 말 한마디가 어머니의 동물적 감각을 완전히 무디게 하기에는 역부족인 듯이 보였다.

막내 동생이 사고로 세상을 하직하던 날을 떠올렸다. 그때는 치매를 앓고 계시던 아버지도 살아 계셨다. 팔십 세를 훨씬 넘긴 노령의 부모님에게 막내 동생의 불길한 소식을 갑자기 알려드리는 것이 무척 걱정되어 두 분을 모시고 병원 장례식장으로 곧바로 들어설 수가 없었다. 주위를 빙글빙글 돌다가 "오랜만에 부모님을 모시고 나왔으니 점심을 사드리고 싶습니다. 잡숫고 싶은 음식이 있으면 말씀하세요."라고 했다. 치매에 빠진 아버지는 빙글빙글 웃으시기만 하셨고, 어머니가 말씀하셨다.

"네 아버지가 삼계탕을 좋아하시니 그것을 사 드려라."

가장 맛이 있다는 삼계탕집을 수소문해서 찾았다. 아버지는 무척 맛있게 음식을 잡수시는데 어머니는 몇 수저 드시더니 "오늘은 왜 그런지 영 맛이 없다." 하시면서 수저를 놓으셨다. 동생이 안치된 영안실을 방문했다. 한 분은 목 놓아 흐

느껴 우셨고 한 분은 빙글빙글 웃으시면서 나를 멍한 눈으로 쳐다보고 계셨다. 자식이 죽었는데도 말이다.

수술받은 몸이 어느 정도 회복되자 어머니에게 건강하다는 점을 확인 드리고 싶어서 전화를 걸었다.

"어머니 전데요. 건강하시죠?"

"누구여. 대구 애냐? 그려. 나는 괜찮아. 그런데 너는 괜찮냐?"

"그럼요. 이렇게 괜찮잖아요."

건강하다는 것을 확실하게 확인시켜드리고 싶어 목소리에 힘을 실었다.

"그려. 너는 병원에 있으니까 네가 알아서 혀."

거짓말하는 것을 어머니가 왜 모르시겠는가. 그렇지만 진실을 안다고 해서 팔십구 세의 노모가 무엇을 해 줄 수가 있겠는가. 전화를 끊었다. 중학교 시절 자전거를 타고 학교에 가다가 넘어져 다리를 다친 일을 떠올렸다. 친구한데서 아들이 병원에 갔다는 소식을 들은 어머니는 밭에서 일하시던 모습 그대로 병원으로 단숨에 달려와 내 다리를 붙잡고 하염없이 눈물을 흘리시던 분이다.

이제 수술받은 몸도 어느 정도 회복하였으니 고향으로 가서 노모를 찾아뵈어야 할 것 같다. 자식이 죽었다는 소식을 듣고서도 멍한 눈길만 보냈던 아버지처럼 어머니도 이제는 내가 나쁜 병에 걸려 수술을 받았다는 사실을 안다 하더라도 어떻게 할 수가 없을 것이다.

 어릴 적 개를 키운 적이 있었다. 개가 새끼를 낳아 강아지를 데리고 있던 어느 날이었다. 어린 강아지가 대문 문지방에서 장난을 치다가 바람에 대문이 갑자기 닫히면서 한쪽 다리가 문틈에 끼인 적이 있었다. 사랑채 부엌에서 쇠죽을 끓이던 내가 놀라 대문을 열고 강아지의 다리를 꺼내 주었다. 강아지는 다친 다리를 절뚝거리며 마당 저쪽으로 달아나 버렸다. 동네에서 저녁 늦게까지 놀다가 대문을 열고 집안으로 들어서던 때였다. 쇠죽을 끓이던 아궁이 앞에 검은 물체가, 아직 완전히 사라지지 않은 불빛에 비쳐 보였다. 그것은 아까 발을 다친 강아지와 어미개였다. 어미개가 다리를 다친 강아지를 아궁이 앞에 데려다 놓고 혀로 다리의 상처를 핥아주고 있었다.

 고향집에 가면 어머니는 내 수술 상처를 보려고 할 것이다. 안쓰러운 눈초리로 상처들을 하나하나 훑어보며 손으로 그것들을 조심스럽게 쓰다듬을 것이다. 어미개가 말없이 강아지의 상처를 입으로 핥듯이 그렇게 말이다. 그리고는 눈물을 흘릴 것이다. 그 외에 그녀가 할 수 있는 일이 무엇이 있겠는가? 무슨 병으로 수술 받았느냐고 물어도 가벼운 병이라고 둘러댈 것이 틀림없는 불효의 자식을 붙잡고 말이다.

상한 사과

부엌 식탁 위 파란 플라스틱 용기에 사과가 담겨 있다. 네 개다. 흠집 한 점 없이 깨끗한 사과다. 그건 드문 일이다. 우리 집 부엌에서 그런 사과를 보는 것은 아주 예외적인 일이다.

아내는 상처 난 사과를 흔히 사오곤 했다. 그것도 한두 개가 아니라 한 자루씩 사가지고 와서는 커다란 플라스틱 용기에 담아 놓곤 했다. 알이 작고 흠집이 있는 사과여서 나와 아이들은 즐겨 먹지 않았다. 쌓아 놓은 사과의 반은 말라 쭈글쭈글해지거나 썩곤 했다. 그때마다 사과의 향은 부엌을 채우고 거실을 채우며 마지막에는 내 방까지도 채웠다.

결혼 초 아내가 상하고 흠집 있는 사과를 한 자루씩 사가지고 와서 부엌에 쏟아 놓을 때는 순전히 내 탓으로 생각했다. 아내라고 왜 알이 굵고 흠 없는 사과를 사먹고 싶지 않을까

만, 군의관 중위의 얇은 월급봉투로는 굵고 빛깔 좋은 사과를 사먹을 처지가 못 된다. 사과는 먹고 싶고 돈은 없다. 적은 돈으로 마음껏 사과를 사먹을 수 있는 방법을 찾다보니 흠집 있는 사과를 사먹기로 한 것이리라. 이것이 내가 추론한 이유였다.

그런 경제적인 이유만으로 아내가 흠집 있는 사과를 사먹는 것은 아니라는 걸 후에 알았다. 경제적 상황이 호전된 후에도 흠집 있는 사과를 계속 사왔다. 어느 날인가 그녀에게 타박을 했다.

"왜 자꾸 흠 있는 사과를 사와?"

아내가 웃으면서 대답했다.

"여고시절 가장 부러웠던 것은 과수원 집 딸인 친구가 상한 사과를 마음껏 먹던 것이었어요."

친구의 자취방에 가면 상한 사과, 일찍 떨어진 사과, 흠집 있는 사과가 자루에 가득 담겨 있었고 항상 달콤한 사과향이 풍겨 나왔다고 말했다. 친구들과 함께 사과들을 마음대로 꺼내먹으면서 사춘기의 고민을 이야기했고, 아무것도 아닌 것을 가지고 웃고 떠들어댔다고. 그때 깎아먹던 상한 사과의 맛을 아직도 잊지 못해 자꾸 상한 사과를, 흠이 있는 사과를 사온다고 했다.

얼마 전까지만 해도 그 습관은 지속되고 있었다. 내가 폐암 진단을 받고 돌아온 날도 식탁 위에는 플라스틱 용기가 놓여 있었다. 안에는 어린아이 주먹만한 사과알들이 뒹굴고 있었으며 어떤 놈은 피부에 흠집이 생겨 곪고 썩어 들어가는 것들도 있었고, 어떤 놈은 피부에 여러 개의 점이 박혀 곰보 형상을 한 것도 있었다. 그것들을 보는 순간 내 폐에 자국을 만들고 있는 암을 생각했다. 흠집 있는 사과같이 밖으로 나타나 보이지는 않지만 몸에는 분명 흠집이 생긴 것이다.

폐암 수술을 받은 나도 흠집을 가진 사과 같은 존재로 취급될 것이다. 병원 운영자는 과수원 주인이 흠집 있는 사과를 바라보듯이 싸늘한 눈길로 나를 바라볼지도 모른다. 화가 나면 상한 사과를 따서 버리듯이, 사회도 각박해지면 나를 버릴지도 모른다.

다시 한 번 더 파란 플라스틱 용기에 담겨 있는 사과들을 바라본다. 이번 사과들은 알도 크고 피부에 어떤 흠집도 없다. 흠집 있는 사과를 통해 병든 남편을 떠올리는지 아내가 멀쩡한 사과만을 골라 사온 모양이다. 그렇지만 아내에게 이야기할 것이다. 상한 사과, 흠집 있는 사과를 사먹자고. 한 자루 가득 사서 아파트 거실에 놓아두고 하나하나 여유롭게 깎아 먹자고. 그렇게 먹고 먹어도 남아서 썩으면 사과 식초를 만들자고. 그들의 육체는 물론 영혼까지 유용하게 사용할 수 있다는 것을 증명해 보이자고.

덧붙여 상한 사과의 순수함을 강조하리라. 그들은 몸으로 쏟아지는 농약을 거부하고 자연을 사랑하다 그렇게 되었다고. 자기들을 먹어 줄 인간의 건강을 걱정하여 독약 바르는 것을 거부하다 그렇게 되었다고. 순수함을 고집하자 인간이 아니라 벌레가 먼저 찾아 왔다고. 가련하고 불쌍한 그들이 몸을 숨길 피난처를 구걸하여 매정하게 거부하지 못하고 받아들이다가 이렇게 되었다고. 그렇다고 인간을 미워하지는 않는다고. 인간을 사랑하기 때문에 맨몸으로 안겨 따뜻하고 붉은 사랑의 마음을 직접 전하려다가 썩은 사과가 되었다고.

나도 중얼거린다. 인간을 사랑하다 몸에 상처를 입었다고. 밤새워 수술하고 밝아오는 새벽에 수술실을 나설 때, 별빛을 타고 온 환자들의 영혼이 불쌍해 내 폐에 편안히 잠들 수 있는 피난처를 만들어 주다가, 그래서 그들의 영혼과 내 마음이 서로 속삭이고 걱정하고 같이 가슴 아파하다가 그렇게 되었다고.

"여보, 이번에는 흠집 있는 사과가 하나도 없네. 약간 상한 사과가 향기도 많이 나고 맛이 좋은데…."

나는 엉덩이를 좋아한다

산을 오른다. 산을 넘어 지하철을 타고 출퇴근한다. 큰 병을 앓고 나서 건강을 되찾기 위해서 선택한 방법이다. 시간이 좀 걸리지만 걷고 나면 기분이 상쾌해진다.

몇 발짝 앞서 부부로 보이는 두 사람이 산을 오르고 있다. 계단으로 된 오르막에서는 손을 잡아 서로 이끌기도 한다. 그들의 뒷모습을 보는 것이 참으로 좋다. 한 가정의 평화를 보는 듯도 하다. 아니 꼭 그래서만은 아니다. 원래 나는 사람의 뒷모습 보는 것을 좋아한다. 예쁘게 깎아내고 덧붙인 얼굴이 있는 것도 아니고, 모양 좋게 만든 유방이 있는 것도 아니며, 억지로 만든 가식의 웃음이 존재하는 것도 아니어서 좋다.

뒷모습 중에서도 엉덩이의 모습을 특히 좋아한다. 오해를 받을 만한 말이지만 그래도 어쩔 수 없다. 흔히 미인의 조건으로 가는 허리를 들먹이는데 개미 같은 허리도 보름달 같은 엉덩이가 뒷받침해 줘야 풍성한 미인의 모습이 완성된다. 가는 허리만 있어서는 빈약한 모습일 뿐 풍만한 미인의 모습을 그려내지를 못한다. 그럼에도 불구하고 미인을 언급할 때 엉덩이가 들먹여지는 일은 드물다. 얼굴과 몸매만 강조된다. 몸매 구성에 허리와 엉덩이가 중요한 역할을 하는데도 말이다.

남자의 엉덩이도 매혹적이긴 마찬가지다. 어렸을 적 여름이면 한더위를 식히기 위해서 연못에서 미역을 감곤 했었다. 그때 빨리 물에 뛰어들기 위하여 먼 곳에서부터 옷을 벗어 한 손에 들고 바람개비처럼 돌리면서 숨이 차도록 달려가면 솟아오르는 땀은 한낮의 태양빛에 반짝였고 엉덩이는 팔딱거리며 솟아올랐다. 그 자그마한 엉덩이는 얼마나 앙증스럽고 신선했던가. 그렇지만 학교에서 벌을 받을 때는 매를 맞는 부위이고 아파서 주사를 맞을 때에는 바늘에 찔리는 부위가 바로 엉덩이였다.

청년 시절의 궁둥이는 무척 아름다웠지만 미美에만 관심을 둘 수가 없었으니 삶이 빡빡하고 미래가 불확실했기 때문이다. 인고의 시간, 그 길이와 강도에 따라 미래의 삶이 결정된다고 믿었기에 대부분의 시간을 의자에 앉아 보냈다. 확고한 몸의 받침판이 필요했다. 엉덩이가 그 역할을 했다. 진물이 생기고 못이 박혀도 엉덩이는 미련스럽게 참았다. 그래야 받들고 있는 몸이 미래에 더 풍요로울 것을 아는 듯이 말이다.

처녀의 엉덩이를 생각하면 귀엽고 아름답고 사랑스럽다는 말이 먼저 떠오른다. 손으로 쓰다듬으면 꽃잎처럼 보드라울 것 같지만 언감생심焉敢生心, 치한으로 몰릴 가능성이 십중팔구다. 굽 높은 구두를 신고 앞에서 또닥또닥 걸어가는 처자處子의 모습을 보라. 가는 다리 위에서 불쑥 솟아오른 두 개의 동그라미는 나비의 날갯짓처럼 걸음을 옮길 적마다 경쾌하다. 두 둔덕의 율동은 마치 어린 손녀가 춤추는 것처럼 깜찍해서 박자에 맞춰 따라 하고 싶은 충동을 일으키기도 한다.

여성의 가장 일반적인 본질은 생산과 키워냄이라고 하면 여성들에게 몰매 맞을까. 단순히 동물적 차원으로 말하면 암컷의 아름다움은 수컷을 유혹하기 위한 수단이라 할 수 있다. 수단이 본질을 앞설 수는 없다. 넓고 푸짐한 엉덩이가 가냘프고 앙증스런 엉덩이보다는 생산능력의 우월성을 암시한다. 어머니들은 며느리를 선택할 때 미적인 가냘픈 엉덩이보다 생산에 적합한 푸짐한 엉덩이를 찾는다. 때문에 결혼 당사자인 아들과 어머니가 간혹 다투기도 한다는데 아무래도 난 어머니의 선택에 동의하고 싶어진다.

아기를 낳은 엄마는 자식을 키우는 데 정성을 다하느라 자신의 엉덩이의 모양에 별 관심을 두지 않는다. 의도해서가 아니라 본능이다. 삶의 하중이 무거우면 무거울수록 엉덩이는 더욱 넓어지고 평평해진다. 나이 든 아주머니의 모양 없이 평퍼짐한 엉덩이는 얼마나 치열한 삶을 살았는가를 보여주는 또 다른 징표다.

목욕탕에서 노인들의 엉덩이에 까맣게 못이 박인 자리가 눈에 띌 때가 있다. 얼핏 보면 징그럽고 보기 흉한 자국에 불과하지만 나는 머리를 숙이곤 한다. 한 삶이 얼마나 고달프고 치열했던가를 보여주는 듯해서다. 그리고 한 번도 남의 위에 올라서지 못하고 평생 남을 받들며 살아온 삶의 숭고한 표증 表證처럼 보여서이다.

동그스름하고 보드랍던 둔덕은 이제 쭈글쭈글하고 찌그러져 볼품이 없다. 미美와 희생과 종족보존과 겸허함과 진실성으로 한생을 보냈던 엉덩이가 이제 삶의 막을 내리는 것이다. 무겁던 체중도, 삶의 하중도 모두 훌훌 벗어 던지고 유유자적 정토의 땅으로 향한다. 자신의 모습을 닮은 묘를 조용한 산중에 만들어 놓고.

엉덩이 같은 삶을 살고 있거나, 살다 저세상으로 떠나간 사람들이 어찌 없으랴. 한평생 남의 밑받침으로 살다가 가슴에 못이 박힌 사람들. 그들도 젊은 한때 신분상승의 꿈을 꿔보았지만 성형과 꾸밈의 대상이 되지 못하고 버려진 채로 한평생을 살고 있거나, 살다 사라진 사람들이다. 그렇지만 우리들은 안다. 그들의 삶이 진실한 삶이었다는 것을. 성형한 얼굴이나 젖가슴은 세월이 지나면 추한 모습으로 변하지만 자연스런 생모습은 세월이 지나도 추하게 변하지 않고 우아함을 오래오래 유지한다는 것을.

구토

웅크린다. 그렇게밖에 할 수가 없다. 이미 정해진 스케줄대로 손발이 묶인 동물처럼 공포에 떨면서 눕는 것이다. 몸속으로 스며드는 화학물질은 나를 어쩌지 못하게 한다. 손과 발이 묶인 형체로 가만히 웅크리고 참아내야 한다. 미지에 어떤 괴로움이 닥치는 것을 희미하게 예상하면서 공포에 떠는 것이다.

어릴 적 명절이 다가오면 고향에서는 돼지를 도살했다. 지금이야 그것이 불법인지 모르겠으나 그때는 그랬었다. 돼지는 아침까지 밥을 정신없이 먹었다. 돼지 밥을 주던 어머니의 손길이 떨렸다. 식후의 돼지는 달착지근한 낮잠에 빠졌다. 그리고는 묶였다. 돼지는 고함을 꽥꽥 질렀다. 그것이 전부였고, 누구하나 묶인 줄을 풀어주지 않았다. 그때의 불안을 생각해 보아라. 희미하게 닥쳐오는 죽음, 죽는 것보다 죽음을 예측하는 두려움, 15층 아파트 베란다에서 뛰어내리고도 싶다.

참는다. 이를 악문다. 일주일이라는 터널, 그 동안만 견디면 되는 것이다. 몇 번 지나온 터널이 아닌가. 웅크린 자세로 무릎을 굽혀 배에 대고, 팔을 굽혀 가슴에 얹고, 구십 노모의 옛날 자궁 속에 있던 그런 자세로, 개구리가 동면을 하듯, 죽은 듯이 웅크리고 있기만 하면 되는 것이 아닌가. 괴롭다고, 시간이 가 달라고, 일주일만 지나가 달라고, 잠이 와 달라고, 눈을 감고 기도한다.

잠, 잠을 자야 한다. 낮이나 밤이나 잠을 자야 한다. 편안함을 시기해서 악몽이 심술을 부린다고 해도 그것을 원한다. 메스꺼움, 구토를 견딜 수가 없다. 사르트르가 쓴 〈구토〉에서 로캉댕이 손이 닿거나 눈길만 주어도 일어나는 구토와는 다르다. 실존의 원초적 물질과의 교감 때문에 생기는 것이 아니고 몸속으로 들어온 화학물질이 숨골에 있는 구토 중추를 자극해서 생기는 것이다.

피부에 물기가 없다. 검고 쭈글쭈글하다. 탈진한 피부는 나무 껍데기를 만지는 듯 감각이 어둔하다. 무언가 먹어야 한다. 먹는다는 것이 사는 것이다. 그렇지만 먹을 수가 없다. 식욕이 전혀 없고 시도 때도 없이 욕지기가 엄습한다. 물이 쓰다. 건강할 때 건강이 무엇이고 행복할 때 행복이 무엇인지 모르듯이 평소에는 물을 마실 때 물맛이 무엇인지 모르고 살아 왔다. 물맛을 느껴야 한다. 그래야 음식의 맛을 알고 먹을 수가 있는 것이다.

주치의 교수에게 전화를 건다. 참을 수가 없다고. 그러나 이내 중지한다. 그것은 사치다. 모든 사람이 다 견디는데 왜 못 견디느냐고 하면 그것으로 끝이다. 전화를 걸지 않은 것보다 못하다. 나는 환자다. 재발한 암을 재수술 받고 지금 항암제를 주사 맞고 있는 것이다. 주제 파악을 해야지. 인간이 무너지는 소리가 들린다. 내 몸에서 인간이 사라지고 동물만 남은 것 같다. 인간은 인간적인 고귀함이 존재하여야 하는데 고귀함이 사라지고 그저 울부짖는 동물적 본능만 남은 것 같다. 인간의 파괴. 나는 눈물을 훔친다.

외래를 내원하는 날이다. 주사 맞은 지 꼭 일주일이 되었다. 이때쯤이면 생기가 도는 법인데 이번은 완전히 다르다. 걷기가 힘들고 온 관절마디가 아프며 힘이 없다. 거울에 비친 내 눈빛은 초점이 없다. 병원 가기가 힘들다. 그래도 주섬주섬 옷을 갈아입고 가방을 챙긴다. 피검사, 가슴 X-ray를 찍고 주치의 교수를 만나기로 한다. 집을 나서면서 음악을 듣는다. 치유다. 음악은 멍한 머릿속을 돌아다니며 정리를 해주고 메스꺼움을 가라앉힌다.

주치 교수의 진료실 앞 의자에 앉아서 차례가 되기를 기다린다. 실없는 사람이 아는 척을 한다. 문득 내 헝클어진 모습을 보이고 싶지 않다는 생각이 엄습한다. 초점 없이 멍한 상태의 눈동자를 보이고 싶지 않은 것이다. 자신감에 차 있고 예지로 빛나는 눈동자, 초롱초롱한 눈빛을 보이고 싶은 것이다.

주치 교수와 면담한다. 창피하지만 견디기 힘들다고 호소한다. 검게 변한 얼굴색, 초점 없는 눈동자, 흐느적거리는 몸놀림, 머릿속은 멍하다. 백혈구 수치는 떨어져 있으나 위험수위는 아니라고 한다. 혈색소 수치도 그런대로 유지되어 빈혈도 없다고 한다. 눈길은 멍하니 창문을 향하고 있다. 정신이 혼미하면 눈동자를 한곳으로 모으는 것도 힘든 모양이다. 비틀하며 진료실을 나선다. 간호조무사가 친절하게 처방전을 뽑아준다. "힘들어." 초점 없는 눈길을 그녀한테 주면서 중얼거린다. 눈가가 붉어진다. 그녀도, 나도.

병원에서 돌아와 방안에 눕는다. 속이 메슥거리며 울렁거린다. 구토다. 원인이 있어서가 아니라 방안에 들어서기만 해도 욕지기를 한다. 화장실, 지난번 구토를 했던 장소다. 물체들, 화장실이라는 개념과 구토를 했었다는 기시감, 방안의 부유물질들, 몸속에 녹아있는 기억들, 그러한 것들이 마음대로 내 몸속으로 들어와 휘저어 욕지기와 구토를 만든다. 두렵다. 나는 그들과의 접촉을 무서워한다.

항암제 주사를 맞고 팔 일째다. 희미한 동굴에 빛이 스며들어 점점 밝아오는 것 같다. 형태 없이 나를 괴롭히던 물체들도 서서히 몸을 감추기 시작하는 것 같고. 메스꺼움이 조금씩 사라진다. 음식물에서도 약간의 맛을 느낀다. 쓰던 물맛이 달지는 않지만 무맛으로 변한다. 꺼칠꺼칠하던 피부의 감촉이 매끄러워지고 뻣뻣했던 머리털이 부드러워진다. 근질거리던 피부에 따끔거리는 쩌릿쩌릿함이 첨가된다.

인간이 되어 가는 것이다. 존엄성을 상실한 웅크렸던 살덩이가 이제 영혼을 받아들여 주위와의 경계를 강화하는 것이다. 거침없는 무생물의 침입을 막아내면서 그들과의 접촉을 끊는 것이다. 점점 메스꺼움과 구토가 줄어드는 것이다. 그렇다면 나에게 일어났던 메스꺼움과 구토 현상은 무엇인가? 물체를 바라보기만 해도, 생각만 해도 일어나던 그것들의 본질은 무엇인가? 그것은 형체도 불확실한 어떤 외부의 관념이, 기억이, 부유물이 몸속으로 들어와 인간의 영혼을 말살하고 동물로 만들려고 할 때 처절하게 반항하던 나의 몸부림의 표현은 아니었던가? 인간이란 무엇인가? 영혼이 있어 외부와의 소통을 조절하고 존엄성을 유지할 때, 그때에만 사람은 살덩이에서 인간으로 변하는 것이 아닌가? 그래서 나는 인간이 되려고 그렇게 몸부림을 쳤던 것인지도 모른다.

내 의사 삶의 초봄 이야기

웅크린 미래의 꿈들은 인생의 봄에 숨어 있다. 아지랑이 속에서 미래가 희미하게 보이는 계절, 꿈만 좇으면 잡을 것 같은 시기가 인생의 봄이다. 다가올 여름의 한낮, 삶의 치열한 열기만 생각하면서 오직 나아가기만 하면 모든 것이 이루어질 것 같은 시기. 아, 봄. 내 의사 삶의 초봄은 군의관 시절로 생각한다.

의과대학을 졸업하고 수련修鍊없이 9주의 군의관 후보 훈련을 마치고 군모에 두 개의 밥풀떼기를 달고 의무지대醫務支隊에 부임했다. 위생병이 준비해주는 세숫물에 당황하고 건네주는 세수수건에 얼굴을 붉혔지만 한 달도 채 되지 않아 모두 사라졌다. 상관에 대한 당연한 대우라는, 편리함에 대한 향편성向便性 같은 적응으로, 아! 인간과 인간 사이에도 받드는 자와 받듦을 받는 자가 있다는 사실을 처음 경험했다.

얼마 되지 않아 계급장과 능력의 불일치를 경험했다. '사병들에겐 포경수술을, 주민이 출산할 땐 아기를 받아주는 대민봉사'라는 절벽이 내 앞에 있었다. "야야. 사단장님이 사병들에게 포경수술을 장려한다는 특별지시를 내렸다. 원하는 사병들을 데리고 올 테니 수술 준비를 해라." 어느 날 저녁 선임하사가 의무병들에게 말했다. 덜컹 겁이 났다. 포경수술하는 것을 한 번도 본 적 없이 입대한 내가 어떻게 그 수술을 한단 말인가!

의무병들은 열심히 수술 준비를 했다. 핀셋, 수술 칼, 가위 등을 소독하고 수술포와 거즈 등을 준비했다. 사병이 침대 위에 누웠다. 의무병들은 수술기구들을 가지런히 수술포 위에 정리해 놓고 내 얼굴을 흘끔거렸다. 수술을 시행할 단계다. 손에서는 땀이 물처럼 흘렀다. 답은 역시 계급장에 있었다. 선임하사가 말했다.

"야, 너 신임 군의관님 앞에서 수술을 해 봐. 수술이 정식인지 돌팔이인지 검정하시도록 말이야."

"휴" 안도의 한숨을 내쉬었다. 사병이 하는 수술을 감독관처럼 옆에서 관찰했다. 수술이 끝나자 태연하게 "자네 수술을 정식으로 잘했네. 대학병원에서 본 수술과 전혀 다르지 않네."라고 거짓말을 했다. 그가 수련을 마치고 입대한 연대聯隊 군의관에게 그 수술을 배웠기 때문에 그의 방법도 틀리지는 않았다.

그 후 많은 포경수술을 했다. 한 번 수술하는 과정을 본 나는 해부학을 배운 관계로 다음부터 전혀 어려움 없이 수술을 시행했다. 그때의 선임하사가, 의무병이 어찌 내가 수술을 할 줄 모른다는 사실을 몰랐겠는가. 나와 똑같이 곤혹스러워했던 내 선임 군의관들의 모습을 참고로 해서 그렇게 내 고민을 풀어 주었던 것이 아니겠는가.

다음 문제는 아기를 받는 일이었다. 그때는 군대와 민간인들과의 유대를 강화하기 위하여 대민봉사를 강조했다. 주민이 아프면 의무병을 데리고 가서 진찰을 한 후에 가벼운 병이면 약을 투여해서 치료해 주고, 중한 병이면 읍에 있는 병원으로 보내곤 했다. 그렇지만 아기 받는 일은 공포의 대상이었다. 그 일도 위생병을 시켜놓고 옆에서 배울 수 있는 일은 아니지 않은가.

어느 날 선임하사가 슬쩍 이야기를 꺼냈다.

"군의관님, 아기 받는 것 아무 문제가 없어요. 연락이 오면 무조건 시간을 끄세요. 기구들을 소독하고 아기 받을 물품들을 천천히 준비하세요. 시간을 끌면 아기를 낳았다는 연락이 곧 올 것입니다."

"그래도 아기를 낳았다는 소식이 없으면 어쩔 수 없이 부탁한 집에 가서 산모를 업고 방안을 이리저리 서성이세요. 부푼 산모의 자궁이 등에 자극받아 아기가 자연스럽게 나올 겁니다. 그러면 아기를 받으면 돼요."

그 말의 진실성을 검증할 기회는 없었다. 누구 하나 아기를 받아 달라는 요청을 해오지 않아서다. 그런 일이 한두 번 있었지만 모두 읍내 병원에 가서 낳았다. 얼마 전 문득 그 일이 떠올라 산부인과 교수에게 물었다. 산모를 업고 뛰면 아기가 저절로 나오느냐고. 그 교수는 웃기만 하면서 답을 주지 않았다.

내 의사 생활의 초봄이 모두 이런 어수룩한 일로만 점철되었냐 하면 꼭 그런 것만은 아니었다. 부대에 부임 초 한 가지 이상한 점을 발견했다. 저녁 시간이 되면 많은 사병들이 의무실로 몰려왔다. 밥맛이 없고 밥을 먹으면 토한다고 호소했다. 원인을 도저히 알 수가 없었다. 두개강 내 압이 높아 토하는 것 같지도 않고 위胃에 이상이 생겨 그런 것만도 아닌 것 같았다. 일단 진토제鎭吐劑를 처방하고 원인을 이리저리 생각하면서 사병들의 생활을 자세히 관찰했다.

내가 근무했던 군은 예비사단이었다. 유사 시 전투에 투입할 군대였다. 전방의 군대처럼 경계근무를 하는 것이 아니라 전투력 증강이 일차 목표였다. 훈련의 강도가 높았다. 매일 아침과 저녁으로 8킬로미터를 뛰고 달렸다. 아침 기상해서 뛰고, 저녁 일과를 마치고 귀대해서 달렸다. 그 긴 거리를 죽어라 뛰고 식사를 했던 것이다.

문득 과도한 운동이 사병들의 구토 원인이 아닐까 하는 생각이 들었다. 피로가 누적되어 밥맛을 잃고 흥분된 상태에서 급하게 식사를 함으로써 위에 부담을 주어 토할 것이라는 생각이 든 것이다. 며칠간 더 사병들을 관찰한 후 대대장에게 보고하고 건의했다. '매일 많은 사병들이 구토 때문에 의무대에 온다. 아침저녁 식사 전에 시행하는 과도한 거리의 구보가 원인으로 생각한다. 운동량을 줄이는 것이 좋겠다.' 건의는 즉각 받아들여졌다. 아침 구보는 2킬로미터의 거리로 짧아졌고 저녁 구보는 없어졌다. 사병들의 구토도 사라졌다.

내 의사 삶의 초봄은 군의관 시절이 확실하다. 처음으로 수술을 시행했고 그것을 시작으로 지금까지 많은 수술을 해 오고 있다. 첫 수술을 가르쳐주었던 선임 의무병, 곤란한 입장을 잘 알고 그것을 비켜가도록 도와준 선임하사, 그리고 원인 모를 구토를 하면서 나에게 도움을 청했던 사병들도, 지금 생각하면 모두 나에게는 훌륭한 스승이며 동료였다. 이제는 그들도 노인이나 장년이 되어 과거를 한번씩 회상해가며 살아가고 있을 것이다. 아, 그리운 내 초봄의 군의관 시절, 다시한 번 더 맞이할 수만 있다면 얼마나 좋겠는가!

제3부

살아가게 하는 것들

섶

오랫동안 다니시던 할머니가 진료실로 들어오신다. 약이
필요 없다고 말씀하신다. 진료용 컴퓨터 화면을 바라보던 눈
길을 할머니에게 돌린다.

"할아버지가 돌아가셨어요."

"네? 언제요?"

"9일 전에 돌아가셨어요. 전라도 남원 선산에 묻고 이렇게
인사하러 왔어요."

10년 넘게 파킨슨씨병을 앓고 있는 할아버지를 위해 약을
타가시던 할머니가 울먹인다.

"아들이 대구에 살아서 10년 전 전라도 남원에서 여기로 왔
잖아요. 할아범이 넘어져서 선생님한테 왔었는데 파킨슨씨병
이라고 하셨잖아요. 그래서 10년 동안 약을 타먹으면서 그런

대로 잘 지냈잖아요."

"8개월 전에 또 넘어졌다고 말씀드리지 않았습니까? 늑골이 부러지고 머리를 다쳤는데 응급구조차가 다른 병원에 보내주어서 그곳에서 치료를 받았잖아요."

"목구멍을 뚫었어요. 폐렴에 걸렸다고 안 뚫으면 안 된다고 해서 승낙했어요. 8개월 동안 말도 한마디 못하고 밥 한 숟가락 못 먹었어요. 할아버지가 불쌍해서 죽겠어요."

"스물네 살에 결혼해서 지금 일흔일곱이니 53년을 같이 살았어요. 일흔일곱까지 살았으니 나이로는 불쌍하지 않으나 말 한마디, 밥 한 숟가락 못 먹이고 돌아가시게 한 것이 한이 돼요."

눈가를 붉히면서 눈물을 글썽인다. 눈가에 주름이 잡히면 눈물도 잘 흘러내리지 못하는 모양이다.

"선생님, 그 동안 감사했어요. 제가 아프면 꼭 좀 도와주세요."

들고 온 음료수와 요구르트를 책상 옆에 놓고 진료실을 나가신다. 할머니의 정성이 하도 고마워 들고 온 요구르트를 하나 열고 숟가락으로 떠서 입 안에 넣는다. 시큼하다. 문득 고향집 우물 옆에서 섶(덩굴지거나 줄기가 약한 식물을 버티도록 꽂아 두는 꼬챙이)을 타고 오르던 포도넝쿨이 늙어버려 자르고 맺혀있던 덜 익은 포도를 따서 입에 넣었을 때 느꼈던 신맛이 떠오른다. 그때 기어오르던 포도넝쿨을 잃어버리고

홀로 서있던 섬은 무척 외롭게 보였다. 겨울날에는 무척 춥게도 보였다. 할머니도 지금 자기 몸을 기대고 지내던 할아버지를 떠나보내고 혼자 겨울을 보내고 있다. 내가 만약 할머니가 마지막 부탁한 말, 그녀가 아플 때 좀 도와주면, 그것은 춥고 외로운 할머니의 가슴이나 손을 따뜻하게 감싸는 외투나 장갑이 될까? 그녀가 기댈 수 있는 조그만 섬이라도 될까?

병신과 등신

"선생님. 제가 바보예요. 입원해 있는 동안 팔 운동을 게을리해서 마비증상이 낫지 않은 것 같아요. 다리는 돌아와서 이렇게 걸어다닐 수도 있는데요."

4년 전 뇌腦 안에 출혈이 생겨 왼쪽 반이 마비된 환자가 외래 진찰실에서 말하고 있다. 얼굴이 햇볕에 검게 그을어 있다.

"고향에 돌아가니 죽은 사람이 살아왔다고 놀라잖아요. 사람들은 제가 죽을 것이라고 생각했대요. 맡아보던 이장 자리도 딴 사람에게 주었고요."

이장 일을 넘겨준 것이 몹시 아쉬운 듯 말한다.

"고등학교 때는 공부를 잘했어요. 아주 잘하지는 못했지만요. 대학도 갈 수 있었지만 가정 형편이 어려워 못갔어요. 아침에 농사일을 하고 학교에 가면 11시가 넘었어요. 담임선생님은 아침에 출석을 부르지 않고 오후 종례시간에 출석을 불렀어요."

갑자기 눈가가 붉어진다.

"직행버스는 발판이 높기 때문에 못 타고 완행을 타고 병원에 오고갑니다. 어떤 운전기사는 제가 버스에 잘 오르지 못하면 운전석에서 내려와 거들어주지만 어떤 기사는 어기적거리는 저를 보고 눈을 흘기기도 해요."

삶을 직행으로 살아가는 사람도 있고 완행으로 살아가는 사람도 있는 것이다.

"제가 시외버스 정류장으로 걸어가는 데 빠르게 걸어가면 한 시간, 천천히 걸어가면 한 시간 반이 걸려요. 큰길 보도로는 가지 않습니다. 군데군데 보도 블록이 빠져 있어 넘어지기가 쉽기 때문이에요. 시장 안으로 난 길을 따라서 걸어갑니다. 이것저것 구경하면서 말입니다."

시외버스를 타는 정거장까지의 거리를 가늠해 본다. 차를 몰고 가도 삼십 분 넘게 가야할 거리다.

"그래도 저는 괜찮은 편이에요. 말도 하고 이렇게 걸어 다닐 수도 있잖아요. 우리 동네 노인정에 가보면 나보다 못한 사람들이 많아요. 말도 못하고 휠체어에 태워 놓으면 하루 종일 그대로 있는 사람들 말이요. 나는 병신이지만 그들은 등신들이에요."

자기 말을 들어주는 내가 무척 고마운 모양이다. 집안에서는 왜 천덕꾸러기가 아니겠는가? 아무 말도 하지 못하고 하루 종일 식물처럼 앉아 있는 이들 앞에서 그가 무슨 이야기를 한다 해도 신이 나겠는가?

간호사가 다음 환자를 보라고 눈짓을 한다. 컴퓨터 자판으로 처방을 쓰고 마지막으로 그를 바라본다. 문득 그가 고향의 노인정에서 가부좌를 틀고 앉아 있는 부처로 보인다. 주위로는 여러 명의 등신불等身佛들이 둘러싸고 있다. 뒤에는 관세음보살 같은 담임선생이 서 있기도 하다. 눈가에 맺혀 있는 물기에 햇살이 비쳐 내 눈에 그렇게 보이는 듯도 하다.

선생님, 안 나아서 미안해요

바른쪽 눈은 부어오른 살로 거의 덮여 있다. 왼쪽 눈은 조금 열려있지만 불행하게도 시력을 상실한 상태다. 오른쪽 눈의 눈까풀을 종이 반창고로 들어올려 눈썹 부위에 붙이고 시야視野 하방의 물체를 희미하게 본다. 높은 위치의 사물이나 사람을 볼 경우에는 얼굴을 힘껏 들어올리고 본다. 누구인지 구별할 만큼은 보인다고 한다. 그녀가 누워 있는 병실을 회진하려고 들어선다. 문 옆 침대에 누워있는 그녀를 보고 불편한 점은 없느냐고 묻는다.

"선생님이세요? 불편한 점은 없는데 선생님에게 미안해요. 그렇게 낫게 해 주려고 애쓰시는데 낫지 않아서."

그녀를 처음 본 것은 6년 전이다. 의사회 체육대회 날 발목 묶고 달리기 경기를 하던 중 제자로부터 '환자 한 분을 응급실로 보냈는데 잘 돌봐 달라'는 전화를 받았다. 운동복을 입은 채로 병원으로 달려와 응급실에서 그녀를 진찰하고 가져온 CT 사진들을 검토했다. 우측 전두엽 쪽에 어린이 주먹만한 종양이 있었다. 수막종髓膜腫인 것 같았다. "머리 안에 물혹이 있다. 수막종인 것 같다. 대부분 양성이고 수술로 완전히 제거하면 완쾌될 수 있는 확률이 높다."라고 설명하고 입원장을 줬다.

수술은 별다른 문제없이 진행되었고 종양은 완벽하게 제거되었다. 안와眼窩 뼈의 골편骨片도 정성껏 다시 부착시켰다. 수술하기 전에는 병을 잘 고쳐 달라고만 하지만 병이 낫고 나면 미용, 특히 골편의 함몰이나 흉터 등에 신경을 쓴다. 최선을 다해 골편이 함몰되지 않도록 뚫은 자리와 톱자국 자리를 뼛가루로 메웠다.

퇴원할 즈음 종양의 병리조직 검사를 확인했다. 비특이성 수막종, 간간이 핵분열을 하는 세포도 보인다고 기술되어 있었다. '재발할 가능성이 있겠구나. 악성으로 진행할 수도 있고.' 수술실 밖에서 기다리던 그녀의 중학생 아들이 떠올랐다.

"어머니 수술이 잘 되었나요?"

"그래, 잘 되었다."

뺨이 발그레하게 붉어지며 밝아졌었다.

퇴원 후 방사선 치료를 했다. 치료가 끝나자 전에 하던 미장

원 일을 하면서 약 4년은 별다른 문제없이 잘 지냈다. 추적 MRI상에서도 종양의 재발 소견은 없었다.

어느 날 눈이 잘 보이지 않는다며 외래에 왔다. 양측 눈동자에서 간헐적으로 끊임없이 발생하는 안구진탕眼球震盪을 발견했다. '경련일 수도 있겠구나. 계속되는 경련 때문에 눈의 초점이 고정되지 않아 보이지 않을 수도 있겠구나.'라고 생각하고, 안과 진찰을 의뢰하고 MRI를 시행했다.

안과 소견은 눈의 문제가 아니라고 했다. MRI 사진은 종양이 위치했던 부위의 뇌가 시커멓게 변한 모습을 보여줬다. 악성 뇌세포의 침윤에 기인한 것인지, 방사선 치료 후에 야기된 변화인지에 대한 검사가 계속되었다. 결국 악성 종양 세포의 침윤으로 진단하고, 부신피질 호르몬제와 항경련제를 투여했고 그녀는 입원과 퇴원을 반복했다.

항경련제를 투여 받으면서 다시 볼 수가 있었으나 뇌압상승으로 유두부종乳頭浮腫이 생겨 다시 시력이 감퇴했다. 방사선 치료를 다시 하는 것은 뇌세포 손상의 위험 때문에, 항암제 투여는 종양 자체가 약에 반응하지 않는 종류임으로 어느 것도 시도하지 못했다. 뇌압이 아주 높아지면 뇌압하강제를 투여하여 고비를 넘겨주고, 부신피질 호르몬을 투여해서 종양 주위 부종만 호전시켰다. 그렇게 2년을 끌어오면서 내 목소리만 들으면 "선생님이세요?" 하며 눈까풀을 쳐들어 내 모습을 보려고 하던 그녀의 망가지는 모습만 지켜볼 뿐이었다.

병실에 들어가면 "교수님이 회진왔어요." 하고 여동생이 그녀의 귀에 대고 일러주곤 했다.

"교수님이세요? 죄송해요, 선생님. 그렇게 낫게 해주시려고 노력하는데 낫지 않아서."

그녀의 손을 꼭 잡으면서 말했다.

"미안하다니요? 제가 못 고쳐드려서 미안하지 왜 미안합니까?"

텔레비전에서는 새해라고 많은 사람들이 해 뜨는 모습을 보려고, 호미곶으로, 제주도 성산 일출봉으로, 태백산 꼭대기 천제단으로 오르는 모습을 보여줬다. 나도 아파트 15층 창문을 통해서 해 뜨는 모습을 바라보면서 우리 가족의 건강을, 낫지 않아 미안하다는 그 환자의 회복을 빌었다. 그렇지만 그녀는 결국 얼마 안 되어 사망하고 말았다. 두 손 모아 명복을 빌었다.

은행알 선물

갈색 속껍질이 싸고 있는 땅콩 같은 것이 밥 안에 들어 있다. 갈라진 속껍질 사이로 말랑말랑한 노란 연질의 속살이 보인다. 아내를 쳐다보니 은행알이라고 한다.

"당신이 병원에서 가져왔잖아요. 기관지에 좋다고 해서 밥에 넣었어요."

진료를 끝낸 노인이 검은 비닐봉지에 싼 것을 진료실 책상 위에 놓고 갔었다. 간호사가 황급히 따라가서 물으니 은행이라고 말하며 진료실 밖으로 급히 나갔다.

"아니, 저 할머니가 어떻게…."

멍하니 할머니를 바라보다가 비닐봉지 안을 들여다보았다. 겉껍질을 깐 은행알들이 소복이 담겨 있다.

할머니는 파열된 뇌동맥류 수술을 받은 환자다. 뇌출혈을 일으켜 병원에 왔을 때 수술 승낙서에 서명해줄 보호자가 없었다. 난감했다. 수술은 해야 하고 보호자는 없고. 백방으로 수소문하여 보호자를 찾았다. 사십대 중반의 남자분이 왔다. 할머니의 이웃이라고 했다. 그녀가 혼자 살기 때문에 할 수 없이 자기가 보호자 역할을 해야 하겠다면서 수술 승낙서에 서명을 해주었다. 수술은 성공적으로 끝났다. 할머니도 그럭저럭 회복되었다.

이번에는 돈이 문제가 되었다. 기초생활수급대상자라 돈이 없었다. 이뿐만 아니라 회진할 때마다 '밥맛이 없다. 힘이 없다. 머리가 아프다'에다 심지어는 '살기 싫다'고 하소연까지 하곤 했다. 의사도 웃는 표정을 지어주는 환자가 좋다. 입원할 때부터 애를 먹인 할머니가 아니던가. 밝은 표정을 한 번만 지어주면 미운 감정이라도 좀 사라지겠는데….

할머니는 간신히 퇴원을 했다. 동사무소에서 긴급 구조 의료 보조금을 받고 보호자로 서명했던 분도 얼마간 부담을 하고 의료진도 입원비가 최대한 적게 나오도록 노력을 해서다. 그렇게 퇴원한 할머니인데도 외래 진료를 올 적마다 계속 불평을 했다. "왜 이렇게 밥맛이 없어요?", "왜 이렇게 머리가 아파요?" 등등.

그러던 할머니가 갑자기 은행알을 선물로 가져온 것이다. 은행나무 가로수 밑에서 검은 봉지를 들고 노란 은행잎을 이리저리 흩으며 길에 떨어진 은행을 줍던 등 굽은 할머니들의 모습이 떠올랐다. 은행의 외종피를 발로 으깨면서 은행 특유의 고약한 냄새도 맡았을 것이다. 각질의 껍질인 중종피를 망치나 펜치로 벗겼다면 손가락을 다치는 일도 있었을 것이다.

문득 할머니가 은행을 닮았다는 생각이 든다. 애를 먹이고 불평만 하던 외적 모습은 은행의 구린내 나는 외종피이고 감사할 줄 아는 마음은 각질로 둘러싸인, 먹으면 몸에 도움이 되는 약효를 가진 은행의 속살처럼 보인다. 출근하려고 집을 나설 때 가을 하늘은 쨍 소리 나도록 푸르고 맑았다.

오래 사슈

외래 진료를 하다보면 오래 살라는 소리를 자주 듣는다. 치료해준 할머니들로부터다. 오래 사는 일이 꼭 좋은 것만은 아니라는 생각을 하면서도 무척 고마운 생각이 든다.

"선상님이 오래 사셔야 돼. 선상님이 안 계시면 누가 내 병든 몸을 돌봐주지?"

여든을 훨씬 넘긴 할머니의 이야기다. 뇌동맥류를 수술 받은 환자인데 자식들은 서울에서 잘살고 있다고 한다. 절대로 자식들 신세를 지지 않고 살아가려고 하기 때문에 혼자 산다고 한다.

"지금 여기가 아파. 괜찮을까? 겁이 나지. 자식들도 같이 살지 않는데 갑자기 죽으면 어떻게 해. 선상님이 책임을 져야혀. 죽지 않도록. 그리고 내가 살아갈 동안 선상님은 살아 있어야 혀."

그래, 할머니가 다른 병으로 돌아가시는 거야 어쩔 수 없지만 머리에 생기는 병은 내가 살아있는 한 돌보아드릴 수 있을 것이며, 여든이 넘은 할머니보다야 내가 더 오래 살지는 않겠는가.

"걱정하지 마십시오. 돌아가실 때까지는 제가 살아있겠습니다."

할머니를 설득해서 진료실을 나가게 한다.

수년 전 뇌동맥류 파열로 사경을 헤맸던, 덕유산 자락에 사시는 할머니. 남편인 할아버지는 약을 타러 오실 때면 언제나 곁에 서서 멧돼지가 농사를 망쳐서 죽을 지경이라는 푸념을 하곤 했었다.

어느 날 할머니가 혼자 병원에 오셨다. 할아버지는 어쨌느냐는 물음에,

"영감? 돌아가셨어. 갑자기 교통사고가 나서. 의사 선생님은 오래 사서야 혀. 영감도 없는데 아프면 누가 돌봐줘?"

눈물을 글썽이신다.

이외에도 남편이 등산을 갔다가 추락하여 갑자기 사망한 뇌종양 환자, 남편의 간경화가 악화되어 갑자기 사망한 뇌출혈 환자 등, 그들은 남편도 없는데 자기들이 아프면 누가 돌보아주겠느냐고 나보고 오래 살라고 하신다.

죽음, 인간이 태어나는 순간부터 끊임없이 달려가고 있는

종착역이 아니던가. 누가 자기의 죽음을 정확하게 예측할 수 있겠는가? 나도 할머니들의 남편처럼 갑자기 죽지 말라는 법이 어디 없겠는가. 누군가는 빨리, 누군가는 조금 늦게 죽음이라는 도착점에 다다를 것이라는 것은 틀림없는 사실이 아니던가. 삶을 적게 살고도 오래 산 자가 있고, 오래 살고도 짧게 산 자가 있겠지만 그래도 모두가 같은 값이면 오래 살기를 원하는 것이 아니겠는가.

나에게 "오래 사슈." 하고 말해주신 분들께 감사를 드린다. 타인으로부터 자기의 삶을 죽을 때가지 돌보아달라고 요청받는 일이 어찌 쉬운 일이겠는가.

새해다. 나도 모든 분들에게 말씀드리고 싶다.

"오래 사슈."

눈물 젖은 찐빵

함민복 시인이 쓴 〈눈물은 왜 짠가〉라는 글이 있다.

가세가 기울어 갈 곳이 없어진 어머니를 고향 이모댁에 머물도록 모시고 가던 중 설렁탕집으로 들어갔다. 한 댓 숟가락 설렁탕 국물을 떠먹었을 때 어머니가 주인에게 국물에 소금을 너무 많이 풀어 짜서 그런다며 국물을 조금 더 달라고 했다. 주인은 흔쾌히 국물을 더 갖다 주었고 어머니는 주인이 안 보고 있다 싶은 순간 자신의 뚝배기에 국물을 부어주셨다. 그만 따르라고 뚝배기를 어머니의 것에 부딪치는 '툭' 하는 소리에 서러움이 울컥 치받았다. 곁눈질로 그 모습을 보던 주인은 모른 척 깍두기 한 접시를 식탁에 놓고 갔고, 자신은 참고 있던 눈물을 흘리면서 눈물을 왜 짠가하고 중얼거렸다.

외래 환자를 보던 중 K가 검은 비닐봉지에 싼 도시락 같은 것을 내민다. 무엇이냐고 물으니 찐빵이라고 한다. 그것을 진료 책상 옆으로 밀쳐놓고 경련은 하지 않느냐, 어디 불편한 점은 없느냐고 묻자 없다고 대답하면서 근무지를 노인복지회관으로 옮겼다고 한다. 월급이 많으냐고 물으니 그저 빙긋 웃는다. "월급도 많지 않은데 무얼 사왔어요." 하고 나무라면서 약 처방을 한다.

외래 진료를 끝내니 한 전공의가 입원 환자에 대한 보고를 하려고 들어온다. K가 준 비닐봉지에 싼 도시락을 꺼내 여니 주먹만한 찐빵 여섯 개가 들어 있다. 하나를 입에 물고 나머지는 다른 전공의들과 같이 나눠 먹으라고 주면서 K에 대한 이야기를 한다.

K는 고등학교 2학년 때 뇌동정맥기형이 파열돼 뇌출혈을 일으켰던 환자다. 한밤중에 불려 나와 수술을 하고 다음 날 출근해서 보니 아버지가 맹인이었다. 위중한 고비를 넘긴 K는 왼쪽 반신 마비가 생겼다. 열심히 재활치료를 하여 절뚝거리며 걷게 되자 퇴원하여 아버지가 K를 부축하고 K가 아버지를 안전한 길로 인도하며 외래에 오곤 했다. 그렇게 하면서 고등학교, 대학을 졸업하고 취직을 했다. 그때 K의 아버지가 "이놈이 머리 수술 받고 대학을 졸업하고 취직을 한 놈입니다. 선생님이 수술을 잘해주셔서 그렇게 된 것입니다. 감사합니다." 라고 말하면서 선글라스 밑으로 눈물을 흘렸다. 그러던 어느

날 K가 혼자 외래에 왔다. "아버지는?" 하고 묻자 갑자기 눈가가 벌겋게 변하더니 "아버지는 제가 취직하고 얼마 안 돼서 돌아가셨어요. 저의 취직이 너무 기뻐서 술을 잡수시고 집으로 오시다가 교통사고로…." 하면서 눈물을 글썽거렸다.

K에 대한 이야기를 하는 도중 또 마음이 울컥한다. 서둘러 전공의를 내보내고 빵을 한 입 더 베어 무니 눈물인지 콧물인지 흘러 씹는 빵과 섞인다. "삶의 맛은 왜 그리 쓴가." 하고 중얼거린다.

등나무

그는 이제 이 세상에 없다. 그가 할퀸 자국과 마지막 나를 끌어안았던 따뜻함이 아직 가슴속에 남아 있지만 그는 편안한 쉼터로 갔다. 나도 할퀸 자국의 쓰라림과 포옹의 애틋함을 점점 잊어가고 있다.

간호대학에서 병원쪽으로 가다 보면 '사랑의 쉼터'라는 등나무가 지붕을 이룬 휴식처가 있다. 초여름에는 젊었을 적 어머니의 젖 모양을 닮은 아름다운 자주색 꽃송이들이 천장에서 거꾸로 내려오기도 한다. 등나무의 밑둥치들은 두서너 개의 가지로 분지되었다가 다시 비비꼬며 서로 엉겨 붙어 하나의 줄기를 이룬다. 엉킨 자리에는 홈이 파져 서로의 몸에 상처를 만들고 있다. 그렇게 서로를 끼어 넣고 감아 돌아간 등나무는 나무처럼 뻣뻣하게 되어 높은 쉼터 지붕 위로 올라간다. 그 모습은 나와 한동안 갈등하다가 마지막 화해하고 저세상으로 떠나갔던 한 환자를 떠오르게도 한다.

그는 제지하는 간호사를 젖히고 막무가내로 진찰실로 들어섰다. 눌러쓴 모자, 종이 반창고로 들어 올린 왼쪽 눈까풀, 밑으로 빛나는 눈동자, 꽉 다문 입, 떡 벌어진 어깨, 중심이 잡힌 듯한 땅땅한 키, 그러나 파리한 피부….

"교수님, 불편해 죽겠어요. 하루라도 눈을 똑바로 뜨고 살아야지, 반창고로 눈까풀을 들어올리고 살자니 미치겠어요. 반창고 붙인 자리도 따가워 죽겠고요. 어떻게든 고쳐주세요."

위압적으로 수액병을 매단 받침대를 한번 흔든다. 쓰고 있는 모자 창을 약간 들어올리고 오른손 손가락으로 반창고로 들어올린 왼쪽 눈까풀을 가리킨다.

안과에 입원해 있던 그를 본 것은 약 1년 전이었다. 협진을 요청받고 병실을 방문했을 때, 비교적 공손하게 문진에 협조했다. 전공의가 "그 환자는 골치 아픈 환자이므로 전과轉科를 받지 않는 것이 좋겠습니다."라고 사전에 이야기했지만, 그리고 간호사들도 "그 환자는 정말로 어떻게 할 수 없는 환자예요."라면서 두려워하는 눈치를 보였지만 개의치 않았다.

"약 1년 반 전에 이비인후과에서 상악동上顎洞에 생긴 혹에 대하여 조직검사를 받으셨네요. 방사선 치료도 받으셨고요."

암이라는 말 대신 혹이라고 했다. 그는 고개를 끄덕였다.

"어제 찍은 안구 CT 사진을 보니 왼쪽 눈알 뒤쪽 상방에 혹이 또 있습니다. 아마 상악동 혹이 전이轉移된 것 같은데요…."

눈치를 살폈다. 대부분의 환자들은 혹이 전이되었다는 말을 들으면 무척 실망하는 표정을 짓는다. 그도 잠시 움찔했다. 옆에 있는 스무 살 근처의 딸을 잠시 바라보더니

"이제 맘을 잡고 딸하고 잘살려고 했는데…. 할 수 없죠. 선생님, 제발 수술을 잘해서 저를 좀 살려주세요."라고 말했다.

수술하는 방법 및 합병증, 수술 후 항암제 투여의 필요성 등에 대하여 설명했다. 처진 눈까풀은 수술 후 약 6개월 이상 지나야 호전될 가능성이 있다는 말도 덧붙였다.

수술하던 날, 가능한 암을 완벽하게 제거하려고 노력했다. 그렇게 수술해 주어도 재발할 것이라는 것은 확실하지만 최선을 다했다.

수술 후에도 그는 한 번씩 병실에서 소동을 일으켰다. 전공의들한테 협박도 했고 간호사들에게도 이따금 윽박지르는 행동을 보이기도 했다. 무슨 원인이 있어서라기보다는 병에 대한 분노, 불치병이 자신에게 생겼다는 불행한 운명에 대한 자포자기적 발광을 가끔 하곤 했다. 그리고는 무섭다고 했다. 한번씩 죽음이 두려워 미칠 지경이라고 말하기도 했다.

수술상처가 나은 후 항암제 투여를 받게 하기 위하여 종양내과로 전과시켰다. 우울한 표정을 지으며 호스피스 병실로

옮겨갔다. 그 후에도 그를 가끔 만나곤 했다. 나를 볼 때면 "언제 눈까풀이 올라가느냐?"라고 묻곤 했다. 외래로 찾아와 신세타령을 하기도 했다.

"교수님, 제가 열여덟 살 근처부터 조폭 생활을 했어요. 부모님 속도 무척 썩어드렸고 큰집도 몇 번 들락날락거렸어요. 그 바람에 아내도 도망가 버리고… 이제 마음잡고 택시를 운전하면서 딸하고 잘살려고 했는데 이렇게 몹쓸 병에 걸렸으니…"

처진 눈까풀은 아주 느린 속도로 호전되고 있었고, 우리의 관계도 한동안 그저 그런 상태로 지속되고 있었다. 그는 항암제를 투여 받기 위하여 입원했다가 퇴원하고, 퇴원했다가는 다시 입원하는 과정을 반복했다. 빠진 머리카락으로 민둥해진 머리를 감추기 위하여 항상 모자를 썼다. 푹 눌러쓴 모자 차양 밑으로는 왼쪽 눈까풀이 종이 반창고로 아직 들어올려져 있었다.

딸이 결혼한다고 양가 부모가 상견례 하던 날, 역시 모자를 쓰고 처진 눈까풀을 종이 반창고로 들어올리고 상견례 장소에 갔다고 했다. 양가 부모와 딸과 사위가 될 사람이 서로 마주 앉아 인사하던 때, 민둥한 머리를 보이기 싫어 모자를 벗을 수가 없었다고 했다. 종이 반창고로 눈가풀이라도 들어 올리지 않았더라면, 가발을 쓰고 폼이 나는 모습으로 참석할 수도 있지 않았나 하고 수없이 생각되더란다. 그때, 문득 내가 그렇게 미워지더라고 했다. 수술하면 금방 처졌던 눈까풀이 들어올려질 줄 알았는데…. 비록 6개월 이상 기다려야 호전될 것이라는 말을 들었어도, 참을 수 없는 분노가 나와 자신에게 생기더란다. 그래서 지금 찾아왔다고 했다.

진찰실 창문을 통해 '사랑의 쉼터' 등나무를 바라본다. 그와 나는 지금 의사와 환자라는 인연으로 묶여 치유라는 꽃을 피우기 위해 서로 몸을 부대끼며 피부가 긁히는 상처를 만들고 있다. 무척 쓰라리고 아린 아픔의 고통을 받고 있다. 등나무가 서로 엉겨 붙어 상처를 만들면서 자라 올라가 향기롭고 아름다운 꽃을 피우듯이, 우리들도 아픔을 느끼면서 병을 치료하기 위하여 서로 노력을 하고 있는 중일 것이다. 나는 몸을 돌린다. 한동안 말없이 그를 바라본다. 눈싸움, 그가 눈길을 내린다. 소리 없이 외래 진찰실을 나간다.

그 일이 있은 후 약 2개월이 지난 어느 날, 그가 다시 외래 진찰실로 찾아왔다. 종이 반창고 없이도 눈까풀은 정상으로 올라가 있다. 양복을 말쑥하게 차려 입고 공손하게 인사를 하면서 한 통의 편지를 내민다. "지난날 내 앞에서 보인 행동을 반성한다. 몹쓸 병이 자기에게 생겨 마음이 아프다. 그렇지만 운명에 맡기겠다. 마지막으로 생명을 연장시켜 주신 교수님을, 생을 마칠 때까지 고맙고 감사하게 생각하겠다."라는 내용이 적혀 있다.

우리는 그렇게 서로 화해를 했다. 내가 그를 치료하면서 무척 가슴 아파했다는 사실을 그가 인정해 주었고, 나도 그가 죽음을 두려워해서 그렇게 어린아이같이 투정을 부렸었다고 이해를 했다. 삶이란 결국 서로 부대끼고, 상처를 만들고, 치유하고, 그런 아픔 후에 꽃을 피우는 것인지도 모른다는 생각이 들었다. 처진 눈까풀이 올라간 지 1년이 지나지 않아 그는 결국 영원한 쉼터로 떠나갔다. 갓 결혼한 딸과 사위가 빈소를 지켰다.

살아가게 하는 것들

"할머니, 혈압도 괜찮고…. 어떠세요?"

혈압, 맥박의 수치가 적힌 종잇조각을 들여다보며 내가 묻는다.

"똑 같아요. 약도 그전과 똑같이 그렇게 지어주세요."

말하자마자 할머니가 두 손으로 무릎을 짚으며 외래 진찰실 책상 앞 의자에서 일어서려고 한다. 궁둥이가 무겁다. 무릎을 펴자 상체와 궁둥이가 균형을 잡으려는 듯 기우뚱한다. 일어선 할머니는 앉아 있을 때의 키와 별다른 차이가 없다. 허리가 뒤로, 오른쪽으로 굽어 ㄱ자 형태다. 바위틈에서 자란 늙은 소나무 같다.

"할머니, 왜 그리 급하세요? 요즘 얼굴이 좋아지신 것 같은데 무슨 좋은 일이라도 있습니까?"

"좋은 일은 무슨…. 빨리 가려고 그러지. 우리 막내가 T시에 사는데 며느리가 E대학 병원 간호사로 일하고 있어요. 맞벌이라서 나와 영감이 애들을 돌보아 주어야 해요. 빨리 차를 타고 T시에 가야 하기 때문에 서둘러야 해요."

할머니를 수술한 것은 15년 전이다. 나이 63세 때 뇌동맥류 수술을 했다. 한쪽도 아니고 양쪽을 했다. 6개월 후에는 수두증이 와서 뇌척수액 이동 수술도 했다. 그때는 할아버지가 붙어 간호했다. 퇴원해서 외래에 다닐 때도 할아버지가 동행했다. 얼마 후부터는 혼자 외래에 오시더니 몇 년 후부터는 네다섯 살 된 남자 아이를 데리고 오곤 했다.

아이는 번잡스러웠다. 진찰실에 따라 들어와서 잠시도 그대로 있는 법이 없었다. 문을 열고 다시 나가거나 책상위에 있는 진찰기구들을 만지던지, 진료용 컴퓨터 자판기를 두드리면서, 잠시도 그대로 있는 법이 없었다.

"원장님, 혈압이…. 아이고, 이놈아, 그걸 만지면 어떻게 하느냐? 원장님이 진찰하는데 쓰는 것을…."

진찰 기구를 만지는 아이의 팔을 할머니가 잡아끌었다.

"혈압이 정상입니까? 요즘들어 머리가…. 아이고, 이놈아 좀 가만히 있어라."

문을 열고 나가려는 아이를 다시 잡곤 했다.

할머니는 불편한 점을 이야기하는데 적어도 세 번 이상은 중단하다가 말하곤 했다. 아이 때문에 밥을 먹는 둥 마는 둥 하는 젊은 엄마같이, 불편한 점을 이야기하는 둥 마는 둥 했다.

약 3년이 지난 어느 날, 할머니 혼자 풀이 죽어 진찰실에 들어오셨다. 아이는 어떻게 되었느냐고 물었다.

"걔들 부모가 유치원에 넣겠다고 데려갔어요."

"그럼, 시원하시겠네요. 번잡스럽게 할머니를 애먹였잖아요."

"그래요. 시원하기는 한데 무언가 좀 허전해요."

할머니는 쓸쓸하게 웃으면서 힘없이 말했다.

그 후에도 할머니는 계속 혼자 외래에 다니셨다. 증세가 똑같다고 같은 약만 달라고 하셨다. 풀 죽은 할머니의 모습이 때때로 좀 안되었다는 생각이 들었다.

"할머니, 손자놈이 보고 싶지요? 그래서 그렇게 힘이 없지요?"

"그렇긴 하지만, 그래도 어떻게 해요. 애들 부모가 데려가겠다고 하는데."

그러던 할머니가 오늘은 힘이 펄펄 나서 처방을 다 내기도 전에 빨리 집에 가겠다고 일어선 것이다. 전에는 처방을 내고 다 되었다고 말해도 멍하니 한참을 계시던 할머니였다.

"할머니의 허리가 그러하신데 어떻게 아이를 업어요? 그전에 데리고 오던 아이는 누구인데요?"

"나는 아이를 못 업어요. 그 일은 할아범이 하고, 아이 밥 먹이는 것, 기저귀 갈아 주는 것, 그런 것만 해요. 전에 데리고 오던 아이는 큰아들 애였어요. 며느리가 이동통신 회사에 다녀서…. 하여튼 빨리 가봐야 해요."

할머니가 궁둥이를 뒤로 뺀 채 팔자걸음으로 나가신다. 빨리 걸으려고 서둘러도 관절들이 유연하게 움직이지를 못한다. 어기적어기적 오리걸음으로 걸어 나가실 뿐이다. 그런 모습을 보면서 문득 사람은 무엇을 먹고 살아가는가, 라는 생각이 들었다.

제4부

꽃이 있는 집

허리가 굽어 슬프다

수술 후유증에서 얼마간 회복했다. 설에는 고향을 방문하지 못했다. 겉으로 건강한 모습이 되었으므로 고향을 방문해서 어머니의 걱정을 덜어드려야 할 것만 같다.

아직 한 번씩 참을 수 없는 기침이 나온다. 자식에게 온 정신을 쏟고 있는 어머니에게 그것은 내가 아팠었다는 것을 알려주는 실마리가 될 수도 있다. 수술받았다는 사실을 어머니가 아시면 많이 놀라실 것이다. 어머니의 머릿속에서 수술은 생명의 위협을 의미한다. 더구나 암으로 수술받았다는 사실을 아시면? 긴장되고 걱정된다.

차가 집에 도착하자마자 어머니가 귀신같이 그 소리를 듣고 방에서 나오신다. 저렇게 귀가 밝다니. 평소에 전화를 드릴 때면 절반은 어머니와 내가 하는 말이 제각각인데. "뭐여?

안 들려. 귀가 절벽이여." 어머니는 하고 싶은 말만 하고는 한 숨 섞인 이 말로 전화를 끝내시곤 하는데.

어머니는 신도 제대로 신지 못하고 지팡이도 없이 허공에 두 손을 휘저으며 넘어질 듯 급하게 다가오신다. 허리가 굽어 얼굴이 땅에 닿을 듯 한데 목을 꺾고 내 얼굴을 올려다 보신다. 자식인 내가 어머니의 얼굴을 내려다보는 것은 슬프다.

어머니의 굽은 등을 보면 죄송스럽고 부끄러운 기억이 떠오른다. 대학입시 준비로 정신이 없던 고등학교 3학년 때였다. 하숙, 자취를 거듭하다가 친구의 배려로 그의 집에서 학교에 다니고 있었다. 어느 날인가 어머니가 막내 동생을 등에 업은 채 쌀 두 말을 머리에 이고 연락도 없이 갑자기 찾아오셨다. 얼떨떨하기도 하고, 땀을 비 오듯이 쏟고 있는 어머니의 꼬지지한 모습이 창피하기도 했다.

"공부하느라 힘든 너에게 햅쌀로 된 밥을 먹이려고, 그래서 왔다."

딱히 다른 말씀은 없었다. 하룻밤을 어머니와 같이 잤다. 다음날 아침 나는 놀랐다. 동생이 친구 어머니가 내준 새 이불과 요에 오줌을 흠뻑 싸놓았던 것이다.

"어떻게 한대요. 애가 오줌을 싸 놓았으니…."

어머니는 동생을 등에 업고 그 말만을 친구 어머니에게 남겨놓고서 버스 정거장으로 걸어가셨다. 그 뒷모습을 바라보면서 나는 '창피하게 괜히 오서 가지고 새 이불에 오줌까지 싸놓고는…' 속으로 중얼거리면서 잘 가시라는 인사말도 없이 휙 돌아서 버렸다.

지금도 그때의 일이 떠오르면 죄책감에 시달린다. 힘들게 공부하고 있는 자식에게 특별한 것을 해줄 수 없는 어미가, 햅쌀로 지은 밥 한 끼 먹이려고 등에는 무거운 애를 업고, 머리에는 무거운 쌀을 이고서 몇 백 리 먼 길을 완행버스의 털털거림을 참아내면서 오셨던 것이다. 어찌 그 삶의 하중이, 등에 업고 온 자식의 무게와 머리에 이고 온 쌀의 중량이, 지금의 굽은 등과 무관하다고 말할 수 있겠는가?

다가온 어머니는 내 얼굴을 이리저리 쓰다듬으신다. 눈으로 보는 것보다 손으로 만지는 감촉이 더 확실한 모양이다. 눈가가 짓물러 있다. "이제는 너희들이 한없이 보고 싶어." 조금은 안심이 된 듯 한참 후 말씀하신다. 나는 울컥한다.

방으로 들어가려고 마루에 오르니 무엇이 머리에 와닿는다. 고개를 들어 올려다보니 명태 네 마리가 코를 꿰어 붉은 흙 천장의 서까래 못에 걸려있다. 황태인지 코다리인지는 구별할 수 없으나 이십 대의 처녀같이 살이 단단하게 보이고 몸매가 날씬하다. 네 마리 모두 입을 크게 벌리고 눈이 크다. 왜 저렇게 크게 입을 벌리고 있는가? 나처럼 숨이 가빠서일까?

"어머니, 웬 명태인가요?"

"샀어, 너 끓여 줄려고. 어려서 동태국을 무척 좋아했잖여. 그런데 어제 시장 바닥을 샅샅이 뒤져도 동태는 없더라. 그래서 저것들을 샀다."

아! 허리가 굽어 키가 작아진 어머니가 어제 명태가 땅에 끌리지 않도록 끈을 들어올리며 흔들리는 버스를 타고 와서, 그것들을 힘들게 들고 오 리 길을 걸어 오셨겠구나.

"어떻게 저 높은 곳에 명태를 매달 수 있었어요? 누가 도와 주셨어요?"

"돕기는 누가 도와 줘. 내가 의자 놓고 벽을 짚으며 명태 꽁지를 잡고 들어올려 끈을 못에 걸었다. 명태는 시원한 바람이 통하는 곳에 매달아 놓아야 맛이 좋거든. 저것들을 내려라. 네가 왔으니 요리해서 먹어야 하겠다."

손을 뻗어 올리니 명태를 매단 줄이 손에 닿는다. 줄을 약간 들어올려 끈을 못에서 벗겨낸다. 나야 이렇게 수월하게 명태를 내릴 수 있으나 허리 굽은 어머니가 명태 끈을 못에 걸기는 쉽지 않았을 것이다. 어머니는 놀랍게도 항상 상식적으로는 불가능한 것 같이 보이는 일들을 잘도 해내신다. 텃밭 둑의 풀도 거뜬히 깎아내고 묵정밭도 혼자 일구어 채소들을 심으신다.

밤에 기침을 많이 했다. 참아도 기침이 났다. 아침이 되자 어머니가 왜 그렇게 기침을 심하게 했느냐고 물으실까 싶어 마당으로 일찍 나선다. 울타리 넘어 동산의 나목들이 보인다. 한 나무에 까치집이 높이 매달려 있다. 어머니는 매일 아침 그것을 올려다보며 까치가 울기를 기다렸을 것이다. 까치의

울음은 반가운 소식만 전하기 때문에 자식들의 소식을 전해
줄 것이라는 믿음을 가지고서.

"애야, 아침밥 먹어라. 몸도 부실한 것 같은 애가 아침 일찍
찬바람 쐬고 어디 간 거냐? 밤에 기침도 많이 하던데."

"예, 여기 있어요. 지금 가요."

건강하다는 것을 확인시켜 주려는 듯 귀가 어두운 어머니
의 귀청이 떨어질 만큼 크게 소리를 지르며 밥상이 차려진 거
실로 간다.

모티

아파트 옆 차도와 대로가 만나는 귀퉁이에 아담한 집이 하나 있다. 모티(MOTTI)라는 간판을 단, 차도 팔고 칵테일도 파는 집이다. 옛날 고딕체의 예쁜 영문 간판과 앙증스런 건물 모양 때문에 모티라는 간판이 적어도 서양에서, 서양 중에서도 유행이 앞선다는 프랑스에서 따온 불어인 줄만 알았다. 그런데 어느 날, 술이 취한 나를 택시에 태워 집까지 바래다 준 친구가 고마워, 마지막 입가심만 하자고 억지로 택시에서 끌어내려 모티로 들어서면서 나는 허풍스럽게 말했다. 파리의 몽마르트르 언덕에나 있음직한 불란서 풍의 칵테일 바에서 한잔하자고.

친구가 술에 취하지만 않았더라면, 그가, 내가 마음속 어느 한곳에 언젠가 꼭 한번쯤 가보고 싶어하는 이국의 멋있는 찻

집에 대한 동경을 숨기고 있다는 것을 알았더라면, 그렇게 간단히 나의 망상을 깨트리지는 않았을 것이다. "애야, 술 깨라. 모티는 모퉁이의 경상도 사투리다."

그래, 사투리면 어떤가. 불란서 말이 아니면 어떤가. 나를 떼어놓고 일하러 호미를 메고 무정하게 산모퉁이를 돌아가던 어머니를 생각나게 해주면 되지 않는가. 엄마를 따라가고 싶어 한없이 울던 내가 제풀에 지쳐 꾸벅꾸벅 졸고 있을 때 산모퉁이를 돌아 불어와 나를 재우던 산들바람을 그리워하게 만들면 되지 않는가. 멋모르고 우리집 뒤곁으로 들어온 다람쥐를 잡으려고 달려갔을 때 허겁지겁 집 모퉁이를 돌아 도망치고는, 내가 살금살금 발소리를 죽이자 다시 모퉁이에서 고개를 내미는 얄미운 다람쥐를 한 번 더 미워하게 만들면 되지 않는가.

초등학교에서 수업을 마치고 집으로 돌아오던 오후였다. 산길 옆으로는 개망초꽃들이 활짝 피어 있었다. 산모퉁이를 돌자 여자아이 하나가 저 멀리 앞서 걸어가고 있었다. 좋아하던 여자아이였다. 무명 저고리 색은 개망초 꽃 색과 구별되지 않아 꽃 속에 숨고, 검은 치마만 길 따라 움직이고 있었다. 숨이 차도록 달려가 와락 끌어안고 싶어 뛰었다. 그녀가 뒤를 돌아보았다. 심장은 갑자기 멈춘 듯하다가 미친 듯이 팔딱거렸다. 얼굴은 부끄러움으로 화끈거렸다. '너하고는 상관없는 일'이라는 듯이 그녀 옆을 쏜살같이 지나갔다. 땀으로 미끈거리는 발과 부자연스러운 몸동작으로 몸은 기우뚱하고 넘어지려 했다. 그때 언뜻 보았던 그녀의 눈빛, 의아해하면서도 내가 넘어질까 봐 걱정스럽게 빛나던 그 눈빛, 모퉁이는 그 눈빛만 내 기억 속으로 끌어오면 되는 것이다.

산등성이에 앉아 모퉁이를 돌아 달려가는 기차를 하염없이 바라보던 시절이 있었다. 아무도 없는 산골짜기에 질러대는 기적 소리만큼이나 공허한, 대처로 나가고 싶은 욕망을 마음속으로 소리치던 때가 있었다. 소리는 화통에서 뿜어져 나오는 연기에 실려 하염없이 하늘 속으로 사라졌다. 그 허망함, 그래도 언젠가 이루어지리라는 꿈을 접지는 않았다. 기차를 타고 날아오르던 그 어렸을 적 야망과 꿈을, 이제는 늙어 자꾸만 시들어만 가는 내 마음속에, 다시 한번 더 불을 지펴 태우도록 하기만 하면 되는 것이다.

삶의 의미를 물으며 끝없이 방황하던 젊음의 시절이 있었다. 소주잔과 막걸리잔을 기울이면서 원인 모를 슬픔과 허망함으로 밤늦도록 흐느끼기도 했다. 삶이 온통 고통으로 채워진 양 안주로 나온 날고구마를 이빨이 시리도록 깨물던 시기였다. 밤새워 길을 물어 돌아가면 또 나타나고 돌아가면 또 나타나던 삶의 모퉁이, 안주로 나온 번데기의 주름살같이 세고 따라가면 없어지고 세고 따라가면 없어지던 삶의 길, 삶이란 그렇게 앞이 보이지 않는 모퉁이를 돌고 돌아가다가 마침내 온몸에 번데기 같은 고뇌의 주름을 만들고 사라진다는 것

을 깨우치려고 조숙한 몸부림을 치던 시절도 있었다. 모퉁이
는 그런 것만 나에게 가르쳐주었어도 되는 것이다.

사랑하는 자가 생겨 속을 태웠다. 초등학교 학생의 젖꼭지
같은 사랑이 아니라 성인의 사랑이었다. 만나고 싶고, 같이
있고 싶고, 스물네 시간 빤히 눈을 쳐다보고 싶었던 여인이었
다. 모퉁이만 돌아서면 서로 눈을 마주칠 수 있었을 텐데, 모
퉁이를 돌아서지 못했다. 숨바꼭질 하듯 숨어서 눈길을 주다
가 눈이 마주치면 깜짝 놀라 눈길이 엇갈렸다. 순진함을 빙자
한 미련함 때문에 우리는 서로 꼭꼭 숨어 있었다. 결국 사랑
하는 자는 휘어진 뒷골목의 모퉁이를 돌아서 사라졌다. 떠나
가는 자의 뒷모습이 보이지 않을 때까지 눈을 떼지 못하고 소
리 없이 눈물만 흘렸다. 그녀에 대한 기억은 별이 되어 내 가
슴속에 박혔다. 지금까지도 캄캄한 밤이면 한 번씩 빤짝거려
잠을 설치게도 한다. 모퉁이는 그런 별만 내 마음속에 만들어
주었으면 되는 것이다.

결혼하고 자식 낳아 정신없이 고속도로 같은 삶을 살아왔
다. 어느 날 문득 삶이 단조롭고 무의미해졌다. 쭉 뻗은 고속
도로 옆 풍경은 언제나 똑 같았다. 내 삶에도 모퉁이가 있어
야 한다는 생각이 들었다. 살아가다가 한 번씩 피를 토하며
울고 싶을 때는 더욱 그랬다. 남에게 보이지 않는 공간, 움츠
리고 울먹일 수 있는 모퉁이가 필요했다. 어릴 적 숨바꼭질할
때 술래가 영영 나를 찾지 못하는 나만의 숨을 장소가 있기를

바랐듯이, 내가 울고 싶을 때 울어도 누구도 나를 찾지 못하는 그런 삶의 모퉁이가 말이다. 허연 백발이 서러워서, 지나온 삶이 아쉬워서 애달피 울 수 있는, 아무도 영영 찾을 수 없는 그런 모퉁이 같은 장소가 나에게 필요한 시기가 다가온 것이다.

꽃이 있는 집

벌초를 하려고 고향집을 방문한 날 마당 한구석을 차지한 조그만 꽃밭을 본다. 바지가 닳아 헤진 무릎 부위를 기운 헝겊 조각처럼, 마당이 끝나 길이 되고 옆으로 도랑이 지나가며 생긴 삼각형의 자투리땅 꽃밭이다. 봉숭아, 백일홍, 들국화, 그리고 이름을 알 수 없는 몇 가지가 옹기종기 모여 있다. 꿀벌 한 마리가 뒷다리에 꽃가루를 더덕더덕 붙인 채 이곳저곳의 꽃술들과 입맞춤을 하고 있다.

누가 이곳에 꽃씨를 뿌렸을까? 보잘것없는 자투리땅을 아까워한 이는 누구일까? 바람일까? 그것이 지나가다 빈자리가 아까워 싣고 가던 꽃씨들을 내려놓았을까? 그렇지는 않았을 것 같다. 그렇게 알뜰살뜰 보살피는 바람이라면 시들지도 않은 봉숭아꽃들을 줄기 밑에 저렇게 소복이 쌓아놓지는 않았을 것이기 때문이다. 그렇다면? 아하, 팔십 넘은 어머니의 뭉뚝그려진 손끝에서 봉숭아, 백일홍 그리고 이름을 알 수 없는 꽃씨들이 호미 끝으로 만든 땅의 골에 떨어졌다가 싹이 솟아올라 저렇게 꽃을 피운 모양이구나.

어머니가 꽃밭에 피어 있는 꽃들을 찬찬히 바라보고 있는 모습을 본 기억이 없다. 언제나 바쁘게 부엌에서 뒤꼍으로, 마당에서 밖으로, 그리고 들에서 들로 돌아다니셨지만 우리집에는 겨울을 제외한 모든 계절에 항상 꽃이 있었다. 어머니가 뒤뜰에, 앞마당 공터에, 사랑채 옆 작은 바깥마당 가에, 심지어 뒷간 근처의 조그만 공터에도 꽃씨를 뿌렸기 때문이다.

어릴 적 삼월은 뒤뜰 장독대 옆에서 솟아오르던 빨간 닭벼슬을 닮은 함박꽃 새순과 연관되어 기억된다. 순은 점차 초록색 줄기로 변하고 끝에 다래 같은 꽃봉오리가 매달렸다. 그것이 열릴 때는 아기의 입술 사이로 삐져나오는 혀같이 빨간 꽃잎이 하나씩 펴졌다. 우리 동네에서 가장 큰 함박꽃 꽃송이가 만들어지는 것이다.

어느 날 한약재 장수가 할아버지와 함께 와서 적赤 작약이라고 뿌리를 파갔다. "그것이 얼마나 한다고 판단 말이냐?" 하고 어머니는 무척 아쉬워하며 뿌리를 캐간 흙무덤 자리를 한참동안 손으로 쓰다듬었다.

함박꽃이 없어지자 어머니는 우물과 닭장 사이에 조그만 꽃밭을 만들고 분꽃, 봉숭아, 맨드라미, 백일홍, 코스모스,

채송화 등을 심었다. 닭똥에서 영양 공급을 받아서인지 꽃들은 매년 탐스럽게 잘도 피었다. 어머니는 그렇게 오랫동안 꽃을 가꾸었다. 돌보다 더 딱딱한 분꽃 씨를, 손을 대면 껍질이 툭 갈라지며 쏟아지는 봉숭아 씨를, 꺼칠꺼칠한 코스모스 씨를 매년 받아서 신문지에 꼭꼭 싸놓았다가 다음해 봄에 심곤 했다.

추석 차례를 지내려고 고향을 방문한 어느 날, 저녁을 먹고 두런두런 이야기를 나누고 있을 때였다. 육십이 넘은 형수와 오십이 넘은 아내와 팔십이 넘은 어머니가 꽃밭의 봉숭아 꽃잎을 뜯어 돌절구에 넣고 짓이기며 깔깔거리고 있었다. 떫은 맛을 내며 얼음을 닮은 백반 조각도 섞었다. 나뭇가지로 진초록 으깨진 꽃잎은 긁어모으더니, 어머니, 형수, 아내의 순서로 엄지와 새끼손가락에 나누어 붙이고는 봉숭아 잎으로 싸매고 실로 묶었다. 손가락에서는 비릿한 냄새가 풍겼다. 많은 세월이 새겨진 손톱에 봉숭아의 분홍색이 어떤 색으로 드러날까 궁금하기도 했다.

다음날 아침, 그녀들은 손가락 끝에서 봉숭아 잎을 맨 실을 풀고 짓이긴 꽃잎을 떼어냈다. 뺨은 붉어졌고 표정은 계면쩍어했다. 세월의 때가 낀 노모의 손톱에도 세로줄 사이사이가 분홍색으로 곱게 채색되어 있었다.

"곱지?"

노모가 계면쩍게 웃으며 검은 얼굴에 희미한 홍조를 띠었다.

"고와요."

아내와 형수가 이구동성으로 말했다. 그리고는 자기들 손톱도 보았다.

"곱네!"

아내가 형수 손톱을 보고 말했다.

"자네 손톱도 곱게 물들었네."

형수가 답했다.

아름다움에 대한 여성들의 동경은 언제부터 시작되었을까? 남자를 인식하게 되어 부끄러움이 깊어지는 첫 월경 때부터일까? 지난 밤 그녀들은 봉숭아물을 들이지 않아도 말간 분홍색으로 보이는 손톱을 가졌던 열여섯 소녀로 변신한 꿈을 꾸며 잠을 자지는 않았을까?

아직도 부끄러워하며 손톱에 봉숭아물을 들이고, 여유롭게 꽃을 바라보는 시간도 없으면서도 매년 꽃을 가꾸는 노모의 미에 대한 추구를 존경한다. 내가 혹시 이렇게라도 글을 쓰려고 노력하는 것은 어머니의 아름다움을 추구하는 모태의 물줄기가 가슴속으로 흘러들어와 원천源泉을 이루어서인지도 모른다는 생각을 한다.

손

산등성이 옆 모텔을 사서 공동체 교회를 만들었다는 말을 들었을 때 왜 이유 없는 웃음을 웃었을까? 교회와 모텔이라는, 어쩌면 자리를 같이할 수 없을 것 같은 단어가, 두 마리의 타조가 한 둥지에 알을 낳고 같이 품 듯, 생뚱스런 조화에 어리둥절해서 지은 웃음일까? 모텔이라는 단어가 주는 어둡고 칙칙한 감感과, 교회라는 단어가 주는 어쩌면 신성한 느낌은, 태생의 근원을 혼자 지키려 하는 본능을 버리고 나누고자 하는 타조의 의미 없는 베풂을 배운 것이라는 것을 이해해서일까?

"제가 교회 일을 하기 전에는 공무원을 했어요. 수년 전 법원에서 경매하는 조그만 땅을 샀습니다. 아주 싸게요. 알고보니 그 땅은 사용할 수가 없는 땅이었습니다. 그대로 내버려

두었습니다. 그런데 최근에 아파트 경기가 활성화되면서 그 땅을 팔라는 겁니다. 아주 비싸게요. 그 땅을 팔아 모텔을 산 것입니다. 그리고 수선해서 공동체 교회를 만들고 있습니다."

"제가 처음 손을 본 것은 보일러입니다. 오래된 건물이라 많이 낡았습니다. 이 손으로 다 했습니다. 보일러도 고치고, 벽지도 다시 바르고, 장판도 다시 하고…."

손을 내민다. 투박한 손, 굳은살이 박인 손이다. 특히 검지 밑과 새끼손가락 부위의 손바닥이 두터워져 있다. 손톱은 닳아 짧아져 있고, 때 묻은 검은 세로 선들이 손톱에 여러 개 그어져 있다.

"저는 이 손을 아주 좋아합니다. 채소밭에 거름을 주다가 똥이 묻어도, 쓰레기를 치우다가 오물이 묻어도, 부랑아 몸을 씻다가 땟물이 묻어도, 씻으면 다시 깨끗해져요. 마찬가지입니다. 부랑자들도 씻어주면 다시 깨끗해집니다. 저에게 온 부랑자들, 지하철역이나 거리에서 소주병을 베개 삼아 누워 자던 사람들, 그들을 저의 공동체에 데려옵니다. 그리고는 진정한 주님의 마음으로 씻어줍니다. 대부분은 다시 깨끗해져요."

그는 손을 이리저리 살핀다. 손바닥을 보다가 손등을 보다가 손톱을 보기도 한다. 창문을 통해 들어온 아침 햇살이 손을 빨갛게 달군다. 어쩌면 가슴도 빨갛게 달구어져 있을지 모른다.

"어떤 사람이 물어요. 부랑자들과 같이 공동생활하면 불편하지 않으냐고요. 그런데 그렇지가 않습니다. 화장실에 들어가 봐요. 처음에는 냄새가 나지만 조금 지나면 전혀 냄새를 못 느끼잖아요. 더구나 방귀 냄새를 생각해 봐요. 남의 방귀 냄새는 역겹지만 자기 것은 어쩌면 향긋하기도 하잖아요. 바로 이것입니다. 부랑자들이 바로 나라고 생각하면 그들에게서 나는 냄새도 향긋해요."

찻잔을 입에 대면서 미소를 짓는다. 차의 향기가 부랑자에서 나는 향기인 것처럼 코를 벌름거리며 맡는다. 문득 어느 시인이 노래한 〈아랫도리〉란 시를 기억한다. 태어날 때도 아랫도리를 벗었고 죽을 때도 그것을 벗는다고 노래한 시를. 아랫도리를 벗어야 진정 통할 수 있고, 그것을 벗어야 진정 사랑할 수 있고, 벗고 뒹굴어야 네 몸에서 나는 역겨운 냄새가 내 몸에서도 난다는 것을 알고, 그래서 허허 웃고 너와 내가 다르지 않다는 것을 인정하며 서로 부둥켜안고 울 수도 있다는 것을.

"저는 공동체에 들어온 사람들이 생활하다가 취직이 되면 밥값을 꼭 받습니다. 은혜는 반드시 갚아야 된다는 점을 가르쳐 줍니다. 그들도 순순히 밥값을 내요. 어떤 때는 내라는 액수보다도 훨씬 더 많은 돈을 내는 이도 있습니다. 그렇지만 저는 그 이상은 거절합니다. 그 돈을 모았다가 공동체를 떠나 사회생활에 복귀할 때 쓰라고 거절합니다."

어릴 적 그날, 왜 그리 무서웠을까? 동생들 때문에 엄마 품에 안기지 못하고 할머니의 빈 젖을 만지고 자야만 했던 어린 시절, 한 번씩 엄마 품이 그리워 칭얼댈 때면 할머니는 한밤중 부엉이 소리를 구렁이 소리라 했다.

"구렁이가 운다. 엄마가 자고 있는 안방으로 가려 하면 마루 밑에서 울던 구렁이가 달려들어 네 불알을 떼어 갈지도 모른다."

그렇게 무서움에 떨고 잔 날 아침에는 어김없이 양지바른 흙 담벼락에 걸쳐 있는 뱀허물을 발견하곤 했다. 나일론 망사같이 희고 가벼운 뱀허물, 담벼락 안쪽에서 바깥쪽으로 늘어져 있었던 그 탈각脫殼의 흔적을, 나는 분명히 믿는다. 밤중에 들었던 그 소리는 허물을 벗겨내는 아픔을 참기 힘들어 낸 구렁이의 절규라고, 탈바꿈에서 꼭 치러야 하는 대가의 울부짖음일 것이라고.

부랑자들도 껍질을 벗고 새사람이 될 때는 처절한 고통의 순간을 겪었을 것이다. 껍질이 맨살에서 떨어져 나오던 날에는 구렁이보다 더 처절한 절규를 산자락이 울렁거릴 만큼 크게 질러댔을 것이다. 맨살이 산자락의 차가운 공기에 스칠 때는 면도칼로 가슴을 도려내는 회한의 눈물도 흘렸을 것이다. 문득 절망의 질곡에서 헤매는 자신을 발견했을 때는 눈에 푸른빛을 띠고 미친개처럼 으르렁거리며 온 산자락을 헤매기도 했었을 것이다. 지쳐 쓰러지던 날 그가 포근한 솜털이불로 맨살을 감싸주고 새살이 돋아나도록 온기를 품어 넣어 주었을 것이다. 그래서 구렁이가 새로 태어나듯 그들도 새로운 삶을 시작했을 것이다.

그가 차 한 잔 잘 마셨다고 미소 지으며 일어난다. 문 밖까지 배웅하며 투박한 손을 잡고 악수한다. 돌아서며 내 손을 바라본다. 다정히 손을 잡아주지도 못했고, 누구하나 탈바꿈시키기 위하여 간절히 기도하지도 못한, 그리고 똥도 오물도 만져보지 못한 내 손을….

퇴락한 고향집 풍경

고향집은 어머니의 모습을 닮아가고 있다. 윤기를 잃어가는 겉모습이 쪼글쪼글한 어머니의 피부 같다. 뒤뜰, 안마당, 바깥마당, 위채, 아래채 어느 곳을 둘러봐도 인적 하나 없이 고독만 가득하다. 혼자 남아 있는 어머니 마음속 같다. 윗채는 아버지가 돌아가신 후 사람의 체취를 맡아 본 적이 없어, 방벽의 흙냄새가 밤마다 저희끼리 질펀하게 놀이를 하고, 낮에는 혼자 스며든 햇볕이 할 일 없이 한동안 머물다가, 재미없고 무료하다고 투덜거리며 인사도 없이 스르르 물러간다.

쇠락해가는 어머니를, 퇴락해가는 고향집을 보는 것이 마음이 아파서 집을 나선다. 어둠이 내려앉는 숲길을 걷는다. 보이지 않는 밤바람이 반갑다고 뺨을 어루만진다. 희미한 달빛이 비치는 산등성이는 밤나무의 기다란 꽃줄기로 반백이

된 듯한 모습이다. 숲에서 밤나무 꽃향기가 흘러내린다. 젊을 때는 자주 맡았던 냄새다. 이제는 기억 저쪽에 밀려나 있다. 생산의 능력을 상실한 지금은 아득한 추억이다.

밤나무도 열매를 맺어봐야 누구하나 반가워하지 않는다. 자랄 대로 자란 풀숲에 떨어진 밤알은 주워 가는 이도 없다. 한동안 외롭게 누워 있다 늦가을 비를 맞고 썩는다. 한때는 밤송이라는 외투로 몸을 감싸고 형제들과 오순도순 잠을 자면서 탈출의 꿈을 꾸고 있다가, 송이와 함께 떨어져 까발려졌다가 흙 속에 갈무리되어 제사상에 오르는 영광도 맞았었다. 예전의 영화는 꿈이다. 꿈은 조각난 망상의 흔적이다. 꿈은 이루어지지 않는다. 이루어진다면 그것은 꿈이 아니다. 현실이다.

퇴락한 집 마당을 걷는다. 잡초 씨가 바지에 붙는다. 어릴 적 붐비던 그 많은 발자국들은 보이지 않는다. 흔적도 없다. 시간이 모두 씻어 갔다. 담벼락 잡초 열매가 호박을, 조롱박을 대신하고 있다. 앵두나무에 앵두가 많이 열려 있다. 거미줄이 이리저리 처져 있다. 누구도 앵두를 따지 않는다. 거미가 엉금엉금 기어 다닌다. 거미줄에 매달려 있는 물방울이 거미의 동작에 따라 애처롭게 흔들거리다 떨어진다.

뻥 뚫린 담벼락 구멍으로 초승달빛이 스며든다. 사랑의 속삭임이 함께 들어온 적도 있었다. 이제는 늙은 어머니의 기침소리만 숨어 있다. 보름달의 풍성한 넉넉함이, 새벽녘 별빛의

화려함이 이 조그만 구멍으로 아직 들어오긴 오는가? 퇴락한
가문의 흔적을 비추러 말이다.

탱자나무, 뽀루수 나무, 칡덩굴, 으름넝쿨이 어울렸던 울타
리를 기억해 본다. 비스듬히 솟은 언덕만 남겨놓고 사라진 흔
적을 밟아 본다. 문득 발끝에 차이는 것이 있다. 흙속에 파묻
히고 목 주둥이만 간신히 내민 소주병이다. 한때 이 내용물로
터질 것 같던 가슴을 달랜 적도 있다. 이것으로 삶에 대한 의
식을 잠재워 휘청거리는 걸음걸이로 미친 개 흉내를 낸 적도
있다.

초승달 달빛이 담벼락 밑에 놓여 있는 질그릇 소변통과 요
강을 비춘다. 무서움을 많이 탔던 나는 한밤중에 멀리 떨어져
있는 뒷간에 가지 못하고 질그릇 소변통과 요강을 자주 이용
했다. 질그릇에 손으로 그려 넣은 듯한 음각陰刻의 무늬가 희
미하게 보이고, 요강에 그려져 있는 푸른색 난초꽃이 번들거
리며 흔들린다. 그때 '쏴' 하고 쏟아지는 오줌소리, 환청인지
밤꽃이 흔들리는 소린지 정신이 혼미하다. 지나가는 구름이
희미한 달빛을 가려, 소변통 음각의 무늬와 요강의 난초꽃이
흔들흔들 춤을 추며 어둠 속으로 사라진다.

오줌통과 요강 안을 들여다본다. 오줌 한 방울 없이 텅 비어
있다. 냄새가 달콤하게 솟아나는 듯하다. 오줌 냄새가 왜 이
렇게 향긋하고 그리운가? 우리들의 태생의 기원이 되었던 아
버지와 어머니의 생식의 발원이 가린 것 없이 노출되던 곳,

숭고한 것들은 이렇게 버려진 곳에서 음습하게 다가 와야만
하는가?

구름이 흘러갔는지 다시 희미한 달빛이 집안에 가득 찬다.
뒤뜰의 장독들이 사리를 담아놓은 부도같이 쓸쓸하게 서 있
다. 사이사이에는 잡초들이 무성하다. 우리들이 자라던 때에
는 짓밟는 발자국들 때문에 자랄 기회가 없었다. 그런 발자국
소리들은 이미 고향집에서 사라진 지 오래다. 시래기처럼 말
라비틀어진 어머니의 몸무게로는 자라나는 잡초들을 이길 수
가 없다. 이제 잡초들에게 그들의 옛 땅이었던 집터를 물려줄
시간이 다가온 것이다. 대신에 아주 작은 유택의 땅, 산속의
조그만 땅을 임대할 시기가 온 것이다.

밤꽃 향기가 달빛에 실려 코끝에 비릿한 냄새로 스며든다.
사랑채에서 노모老母의 기침소리가 요란하다. 탄생과 소멸의
냄새와 소리다.

가면假面

폐 CT를 촬영했다. 몸이 불편해서가 아니라 수술 후 추적 관찰하기 위해서다. 조영제 주입 후 전신에 확 번지는 열감은 예상한 느낌이었다. 숨을 들이마시고 참았다가 내쉬라는 몇 번의 울림이 끝난 후 약간의 어지럼증을 느끼면서 CT방을 나섰다. 등에 대고 CT방 기사가 친절하게 말을 했다. 사진은 곧바로 컴퓨터에 올리고 폐 CT를 읽는 방사선과 교수께 연락해서 즉시 판독하시도록 하겠다고.

방사선과 교수로부터 전화가 왔다. 급히 말씀을 드려야 할 것 같아서란다. 지난번 사진과 비교해서 잔존하던 조그만 종양과 임파선이 확실히 커진 소견이 관찰된단다. 순간 눈앞이 캄캄해졌다. 수술한 교수를 찾으니 자기 방에서 CT사진을 같이 보자고 한다. 사진을 검토한 후 말한다. 커진 종양도 문제지만 증대된 임파선이 더 큰 문제라고.

PET CT 찍기를 예약하고 집으로 퇴근하던 중 많은 생각이 떠오른다. 아내의 모습이, 자식들의 얼굴이, 그리고 구십 가까운 노모의 구부러진 등과 쭈글쭈글한 얼굴이 눈앞을 가린다. 언제였던가? 내가 초등학교 저학년 때로 기억된다. 잔병치레를 자주 하시던 어머니가 병원에 갔다가 돌아온 날이었다. 살림방 디딤돌 위에 풀썩 주저앉더니 소리 없이 눈물을 흘리시며 우리 꼬맹이들을 주위로 불러 모으셨다.

"얘들아, 오늘 병원에 가서 진찰을 받으니 원장님이 내 간肝이 부었다고 하더라. 약을 지어 주시던데 먹는다고 해도 얼마 못 살 것 같다. 어린 너희들을 두고 어떻게 눈을 감겠느냐?"

두 눈에서는 눈물이 하염없이 흘러내렸다. 어린 나는, 나뿐만 아니라 우리 형제들은, 간이 부으면 틀림없이 죽는다고 생각했었다. 어머니와 같이 부둥켜안고 하염없이 울었던 기억이 지금도 생생하다. 그 후에 어찌 되었건 어머니는 건강을 되찾으셨고 틀림없이 돌아가실 것으로 믿었던 우리들은 그 사실을 곧 잊어버리고 정신없이 지금까지 살아왔다.

폐암이 재발했다는 통보를 받은 이때 왜 그때의 어머니 모습이 생생하게 떠오르는 것인가? 내가 폐암 수술을 받았다는 사실을 전혀 모르는 모친이, 만약 수술 받은 폐암이 재발했다는 소식을 들으면, 어릴 적 어머니로부터 들었던, 간이 부어

곧 돌아가실지도 모른다는 소식을 들었을 때의 우리들의 심정과 무엇이 다르겠는가. 폐암 재발이 무엇을 의미하는지는 정확히 모른다 하더라도 노모는, 간이 부었다는 사실이 무엇을 의미하는지 모르면서도 땅이 꺼질 것 같은 절망을 느꼈던 우리들의 그때의 심정과 다르지 않을 것이다. 주름진 얼굴로 흘러내리는 노모의 눈물은 누가 아무렇지도 않은 듯이 위로하면서 씻어 줄 수가 있을 것인가. 누가 등이 굽어 한 줌의 땅 밖에 볼 수 없는 어머니를 앞서서 저세상으로 갈 수도 있는, 용서 받을 수 없을 것 같은 내 죄책감을 씻어 줄 수 있겠는가?

며칠 전 눈이 오는 날 아내가 미끄러져 바른 팔목에 골절상을 입었다. 나에게 번잡함을 주지 않으려고 다른 병원에서 캐스트를 했다고 했다. 무심하게 지내다가 오늘 퇴근해서 보니 아내가 왼손을 사용해서 어둔한 동작으로 저녁 식사 준비를 하고 있는 모습이 새삼스럽게 보인다. 그 모습이 안돼 보여 칼로 무를 썰어주고 가위로 김치를 잘라준다. 아내는 자기가 다친 것이 정말로 좋아 죽겠다는 철없는 표정을 짓는다. 삼십 년 넘게 같이 살았어도 신혼 때 몇 달 이외에는 부엌일을 전혀 도와주지 않던 내가 갑자기 무를 썰어주고 김치를 잘라주고 하니 말이다.

"당신 손 불편한데 내가 밥 풀께. 주걱 이리 줘. 그리고 찌개도 내가 들고 올게."

"당신, 왜 이리 갑자기 친절하지? 그러면 밥은 당신이 퍼.

찌개는 내가 들어낼게. 당신이 들어내다가 혹시 손을 델지도 모르잖아. 수술하는 당신 손은 귀중한데."

그래, 내 손은 귀중할지도 모른다. 그렇지만 얼마 있지 않으면 그 손뿐만 아니고 내 자체가 사라질지도 모른다. 폐암 재발 사실을 알지 못하는 아내는 자기를 생각해주는 듯한 조그만 성의에 감동한다. 내 가슴속에서는 피눈물이 흐르는데.

"괜찮아. 장갑 끼고 들어내면 되잖아. 장갑 어디 있지?"

저녁 식사 후에는 아내가 손톱을 깎아 달라고 손톱깎기를 건네준다. 손톱을 깎아 주자 팔자에 호강을 한다며 무척 행복해 한다. 그 모습을 보자 또 가슴이 뭉클하다. 조그만 식사 준비의 도움과 손톱을 깎아 준 일이 저렇게 아내를 감동시키는구나. 결혼 생활 사십 년 가까운 동안 그 조그만 봉사를 못해 주었구나. 이제 그렇게 해 주고 싶어도 얼마나 더 해 줄 수가 있을까? 재발한 폐암, 다시 수술을 받아야 하고 항암제도 투여 받아야 하는 길고도 괴로운 투병 생활, 그리고 내가 없어졌을 때 저렇게 한 팔을 잃은 듯한 아내의 삶은 어떻게 될 것인가?

밖에는 눈발이 휘날리고 있다. 그 눈발들을 바라보면서 아내는 혹시 이렇게 생각하고 있을지도 모른다. 오른쪽이 나으면 또다시 넘어져 왼쪽 팔목을 다치고 싶다고. 그 팔을 캐스트하고 다시 내 조그만 사랑을 한 번 더 확인하고 싶다고. 전등불에 비치는 불그레한 아내의 얼굴을 슬쩍슬쩍 곁눈질하면

서 나는 속으로 중얼거린다. 그때까지, 아니 영구히 아내에게
내 폐암의 재발 사실을 숨기고 싶다고. 가면을 쓰고 싶다고.

백목련

2월 중순에는 목련 나무에 꽃눈이 돋는다. 붓 모양을 하고 솜털이 다닥다닥 붙어 있다. 속에는 연초록빛을 띤 흰 꽃잎들이 겹겹이 포개져 3월의 햇빛을 고대하고 있다. 귀를 기울여 보라. 움트는 소리가 들리지 않는가? 솜털을 주시해 보라. 발로 차는 아기의 발길질이 느껴지지 않는가? 붓 끝을 트고 꽃눈이 터져 나올 땐 탄생의 아픔은 차라리 환희의 절규로 들릴 것이다. 가지를 타고 흐르는 생명수는 엄마의 태반을 통한 제대臍帶의 피처럼 맑고 깨끗한 영혼을 담아 겹으로 접힌 꽃잎들에게 영양소은 공급할 것이다. 어찌 목련이 피었다며 쉽게 지나칠 수 있겠는가?

2월 말 꽃눈에 하나의 흰 줄이 세로로 생겼다. 양측이 아니고 한쪽에만 그어졌다. 솜털도 선을 중심으로 양측으로 비켜

섰다. 궁전의 대문이 열리면 화려한 꽃 행차가 시작될 것이다. 그 행사를 기다리며 솜털은 엄숙히 도열해 있다. 봄을 재촉하는 늦겨울 바람에 꽃눈은 살랑대지 않는다. 자식을 품은 어미가 어찌 가볍게 처신할 수 있단 말인가?

삼월 초하루 비 오는 아침 꽃눈이 약간 벌어졌다. 눈을 감은 웅크린 꽃잎이 부끄러운 듯 일부 보인다. 인턴 때 산부인과를 돌면서 아기를 받던 일이 생각난다. 엄마의 자궁 경부頸部가 열리기 시작하고 아기의 검은 머리털과 쭈글쭈글한 피부가 삐죽이 보이던 모습이 연상된다. 눈을 감고 몸을 웅크린 태아의 모습이 겹친다. 비 맞은 꽃눈의 솜털은 양수羊水로 태아의 피부에 붙어 있던 신생아의 솜털 같다.

반대 측에도 비밀스럽게 흰 선이 하나 더 만들어지더니 입을 벌린다. 비집고 나오는 것이 꽃잎이라고 예상했으나 또 한 겹의 꽃 싸개다. 바깥 꽃 싸개와 너무나 닮았다. 유전자 조작을 한 것인가? 쌍둥이를 잉태한 것인가? 돋아 있는 솜털 모양도 똑같다.

탄생이 어찌 쉽게 이루어지겠는가? 겹겹이 보호막으로 싸인 꽃의 태아는 아직도 엄마의 자궁 속에서 꿈틀대고 있을 뿐이다. 삼월의 따뜻한 태양이 꽃눈 사이로 스며들어 태아를 잡아끄는 날 찬란한 푸른 하늘 아래 양수로 붙어버린 두 눈을 번쩍 뜨리라.

퇴근길의 꽃눈은 출근 때와 비교하여 1센티미터 이상 훌쩍 솟아올랐다. 바깥쪽 꽃 싸개는 검은 초록색이었으나 안쪽은 노란색을 띤 초록색이다. 따뜻한 봄기운을 받아 꽃눈은 하늘을 찌를 듯이 생기가 넘친다.

꽃샘추위가 어젯밤을 혼자 점령했다. 아침의 꽃눈은 밤새 추위에 시달렸는지 쭈글쭈글하고 생기가 없다. 인간 세상과 어찌 다르겠는가? 만사가 잘 풀릴 때는 생기가 돌고 피부도 팽팽하나, 어려운 시련 속에서는 고개가 숙여지고 어깨가 처지며 피부가 꺼칠해진다는 사실을….

목련 꽃잎의 안쪽 싸개에 선이 세로로 그어진 것이 보이고 꽃잎이 밖으로 살짝 비친다. 선이 벌어지더니 연한 노란 연초록색을 띤 흰 꽃잎이 터져 나오고 꽃 싸개는 찢어진다. 어젯밤 창문이 흔들리며 내던 소리는 목련 꽃봉오리가 진통을 참지 못하고 내던 고함소리 같다. 바람에 흔들렸던 가지의 뒤틀림은 산도産道를 타고 내려오는 태아의 심술에 고통 받는 엄마의 몸부림 같다. 터진 부위로 보이는 꽃잎은 엄마의 수유에 채색된 유아의 우윳빛 피부같이 여리고 맑다. 참으로 청순하고 깨끗한 꽃잎이다.

꽃봉오리 끝이 벌어진다. 남쪽에서부터다. 안쪽 꽃 싸개는 얇아져서 갈색을 띤 껍질로 변한다. 예술가들이 흔히 쓰는 동그란 모자처럼 볼품없이 얹혀 있다가, 꽃잎이 열리는 날 실바람을 타고 땅 위로 구른다. 태아의 탯줄에 붙어 있던 태반胎盤이 마른 모습을 연상시킨다. 목련나무는 태아를 탄생시킨

후의 임산부같이 조용히 긴장을 푼다. 개화의 만족감은 어려운 수술을 성공적으로 마쳤을 때 내가 느끼는 것과 유사하리라. 목화木花를 타서 쌓아놓은 솜무더기 속에 푹 잠긴 그런 느낌이리라.

따뜻한 3월 중순, 겹겹이 싸여 있던 꽃잎이 비로소 열린다. 무명저고리의 옷고름을 푸는 손길에 꽃봉오리가 수줍음을 감추지 못하며 가슴을 풀어헤친다. 겹겹이 포개져 있던 꽃잎들이 고개를 다소곳이 숙인 모습이더니 아기가 기지개를 켜듯 온몸을 쭉 편다. 사춘기 때의 호기심으로 풀어헤친 가슴속을 들여다본다. 본능적인 처녀의 수줍음만 있다. 성숙되지 않은 생식生殖의 근원을 노출시키려 하지 않으려고 흰 치마끈 같은 꽃잎이 꽃술을 꽁꽁 동여매고 있다.

춘분이 지나자 훈풍이 여덟 겹, 아홉 겹의 무명저고리 고름과 속치마 끈을 푼다. 한껏 속곳을 드러내며 사방으로 펴진 꽃잎은 태양이 빛나는 낮보다 밤에 더 화려하다. 희미한 달빛과 가로등 불빛을 받은 자태는 청초하고 고아하다. 호롱불빛이 간간이 문창살을 뚫고 나오던 고향의 초가집 지붕 위에서 고요히 피었던 박꽃과 무척 닮았다. 흰 색은 손목에 얼음을 올려놓았을 때의 차가움보다도 더 차갑게 느껴진다.

목련 꽃이 여덟 혹은 아홉 장의 꽃잎으로 구성되었다는 사실을 안다. 꽃은 대부분 아홉 장이나 일부는 여덟 장으로 구성되어 있다. 안쪽에는 막대형 수술이 꼿꼿한 자세로 서 있고 밑에는 수많은 암술들이 웅크린 자세로 붙어 있다. 몸을 약간 비튼 꽃잎들은 거만한 듯 서 있는 수술을 수줍어하며 감싸며 감추고 있다. 아직 사춘기를 지나지 않은 모습이다.

꽃봉오리가 열리기 시작한 지 이틀도 되지 않아 벌써 처진 꽃잎들이 보인다. 무명 저고리의 앞섶을 풀어헤치고 숨기고 간직하였던 생식 보존의 꽃술을 밖으로 노출시킨다. 새댁의 모습을 볼 새도 없이 사십대 중반을 넘긴 펑퍼짐한 모습이다. 웅크리고 있던 꽃술들도 부끄러움을 잊어버린 아줌마의 모습으로 고개를 쳐들고 있다. 봄날의 따뜻한 햇볕에도 전혀 개의치 않고 벗어버린 알몸을 노출시킨다.

하나 둘 꽃잎들이 처지더니 갑자기 꽃술만 남기고 모두 사라진다. 있는지도 모르게 살랑거리던 봄바람에 몸을 던진 것이다. 꽃이 피는가 싶었는데 벌써 지고 만다. 꽃망울이 부풀어 오를 때, 안쪽 꽃싸개를 트고 나올 때, 뾰족한 부리를 가진 무수히 많은 새들이 나무에 앉아 있는 것으로 착각했었다. 꽃잎이 벌어져 만개滿開했을 때는 흰 조화造花들이 나무에 다닥다닥 붙어 있는 것으로 착각했다. 오래 갈 것으로 상상했던 꽃들이 너무도 짧게 생을 마감한다. 떨어져 땅바닥에 누워 있는 꽃잎에서는 늙어감의 추함과 쓸쓸함만이 고스란히 배어 나온다. 태생과 성장의 아름다움은 이미 아득한 옛날이야기처럼 느껴진다.

<작가론>

삶 / 죽음 / 희망

신재기 | 문학평론가, 경일대 교수

1. 존재와 삶에 대한 긍정

임만빈은 의사다. 신경외과 뇌 전문의다. 어느 때부터 지역 신문에 정기적으로 발표되는 짧은 글을 통해 그의 이름이 독자들에게 다가오기 시작했다. 그의 글은 지면에서 자주 만나는 의사들의 소위 '의학칼럼'과는 크게 차이가 났다. 의학 지식을 앞세워 독자를 계몽하려는 것이 일반적인 경향이었다면, 임만빈의 글은 이와는 다르게 의사로서의 소소한 일상체험을 글감으로 삼아 인간 삶의 철학을 소담스럽게 담아냈다. '의사'라는 작가의 직업적 특성이 글 속에서 겉돌지 않고 삶의 보편성을 탐구하는 데 적절하게 용해되어 있었다. 전능한 의사가 되어 사람의 병을 내려다보는 것이 아니라, 의사도 몸이 아플 수 있는 똑같은 사람이라는 관점에서 병과 환자에 관해 이야기했다. 공감이 컸다.

마침내 임만빈은 문단에 정식으로 이름을 올리고 수필가로 활동했다. 몇 권의 수필집도 출간하면서 주목 받는 의사 수필가로 명성도 얻었다. 필자는 그의 수필집 《자운영, 초록의 빛깔과 향기만 남아》의 해설을 쓰면서 임만빈이 따뜻한 가슴으로 글을 쓰는 수필가임을 새삼 실감했다. 그런데 안타깝게도 두 번에 걸쳐 폐암 수술을 받았다는 소식이 들려왔다. 의사도 큰 병을 피할 수 없다는 점이 거짓말 같았고, 그의 글을 더는 못 읽을 수도 있다는 생각이 스쳐가기도 했다. 그런데 아니었다. 그는 투병 중에도 끝까지 글쓰기를 사명처럼 붙들고 있었다. 지면에서 그전보다 더 자주 그를 만났다. 더욱 성숙해진 그의 작품을 읽으면서 감동과 함께 한편으로는 가슴이 저려왔다. 어디서 그런 투지가 솟아났을까? 수필가 임만빈에게 수필이란, 그리고 글쓰기란 과연 어떤 의미였을까? 여러 갈래의 생각이 한데 엉켜 잘 정리되지 않았다.

글 쓰는 사람에게 글을 왜 쓰는지 물어보자. 이런저런 이유로 글을 쓴다고 명쾌하게 답을 내릴 수 있을까? 그런 사람이 있다면 그는 다음 둘 중의 하나다. 아직 글쓰기 분야에서 프로 정신이 부족한 사람이거나 목적성의 글을 쓰는 사람일 것이다. 글쓰기 자체에 몰입해 그것이 자신의 운명처럼 느끼는 사람은 자신이 왜 글을 쓰는지 대답할 수 없다. 자신의 글쓰기가 현실적인 목적의 차원 너머에서 이루어지기 때문이다.

그냥 좋아서 쓴다는 말이 전부일 것이다. 글쓰기의 가장 순수한 모습은 '타동사적'이 아니라 '자동사적'이기 때문이다. 목적도 이유도 없는 글쓰기 그 자체가 목적이다. 현실적인 논리를 뛰어넘는 운명과 같은 것일지도 모른다. 의사이고 교수였던 수필가 임만빈이 투병 중에도 글쓰기에 치열함을 보인 것도 이와 다르지 않았으리라.

대상을 바라보는 수필가의 눈높이에는 세 가지가 있다. 위에서 내려다보는 경우, 수평적인 시각을 유지하는 경우, 밑에서 위로 보는 경우가 그것이다. 작가의 시선이 위에서 밑으로 향하는 작품은 교훈적이고 수필가의 페르소나가 두꺼워지기 쉽다. 작가의 시선이 위로 향하는 흠모와 송찬의 글에서는 고정된 시선에서 오는 작가의 고집과 주관이 넘칠 수밖에 없다. 수평의 시선을 유지할 때, 가르치려는 태도와 작가의 주관적인 자아 노출이 최소화될 것이다. 임만빈 수필에서 대상을 바라보는 작가의 시선은 수평적이다. 작가의 시선과 대상 사이의 각이 크지 않으므로 독자는 작가의 솔직함과 진정성을 느낀다. 이것이 바로 임민빈 수필의 감동 포인트다. 또한, 시선이 수평을 이룬다는 점은 대상에 선입견 없이 다가간다는 말과 같다. 주체와 객체가 친화적인 관계 속에 놓인다. 그래서 이번 선집에 수록된 임만빈의 작품에는 작가의 따뜻한 인간미가 넘쳐난다. 그의 수필 세계 밑바탕에는 문학의 본색이라고 할 수 있는 휴머니즘이 두껍게 깔려 있기 때문이다.

인간 존재와 삶에 대한 긍정, 이것은 임만빈 수필의 원점이라 하겠다.

2. 인간 파괴로서 죽음

임만빈의 수필은 의사로서 삶과 깊은 관계가 있다. 작가의 일상체험을 형상화하는 문학이 수필일진대, 이는 임만빈에게만 특별하게 해당하는 결과는 아닐 것이다. 하지만 의사라는 직업은 그의 수필 세계를 이해하는 데 결정적인 단서가 되고 있다. 의사는 아픈 사람을 만난다. 병든 사람의 몸을 만나고, 그들의 아픈 삶을 바라보고, 병든 몸으로 말미암은 마음과 정신의 흔들림을 엿본다. 인간 존재의 물질적인 기반이 몸이라고 한다면, 몸의 이상은 존재의 치명적인 균열을 가져온다. 몸의 흔들림과 균열이 마침내 한 인간의 존재를 지워버릴 수도 있다. 이런 점에서 의사는 죽음을 목격하고 경험하는 사람이다. 동전의 양면처럼 붙어 있는 삶과 죽음의 긴장 관계, 거기서 파생되는 인간 삶의 다양한 무늬를 경험하고 사유하는 일은 의사의 일상이기도 하다. 그것이 일상으로 반복되기에 그 반응이 무딜 수도 있으나 글을 쓰는 사람에게 의사로서 일상은 그 어떤 경우보다 죽음에 관해 깊은 사유를 발동시킬 수 있는 여건이다. 죽음에 의해 삶의 본질은 더욱 극명하게 드러나는 법이다. 삶과 죽음에 관한 깊은 사유는 임만빈 수필의 중심 주제다.

수필가 임만빈의 죽음에 대한 체험은 세 가지 층위를 지닌다. 첫째는 의사와 의학도의 길을 걸으면서 반복해 목격한 일반 환자들의 죽음이다. 병원에서 의사로 근무하면서 우연히 마주치는 죽음도 있고, 자신이 주치의가 되어 치료했던 특별한 환자의 죽음도 있다. 후자의 체험이 훨씬 더 직접적이었음은 말할 필요도 없다. 하지만 의사로서 체험한 환자의 죽음은 비록 안타까움이나 슬픔이 없지 않았겠으나 자기 죽음이 아니기에 인간의 보편적인 운명으로 돌림으로써 직접적인 충격을 줄인다. 두 번째는 아버지의 죽음이다. 노환으로 몸이 점점 쇠약해져 죽음의 문 앞에 선 아버지를 바라본다. 아들이고 의사이지만 속수무책으로 아버지의 죽음을 바라볼 수밖에 없는 처지에서 피할 수 없는 인간의 한계와 운명을 실감한다. 아버지의 죽음은 나 자신의 현재 죽음이 아니지만, 아버지가 내 존재의 근원이라는 상징이나 관습의 차원에서 나의 죽음과 크게 다르지 않다. 그만큼 슬픔과 두려움으로 다가온다. 세 번째는 작가 자신의 개인적인 죽음의 체험이다. 작가는 두 번이나 암 수술을 했고, 항암치료를 받고 투병했다. 이 세상에 죽어본 자는 아무도 없지만, 죽음에 이르는 길을 걸어본 사람은 많다. 그 길은 고통과 공포로 가득하다. 내 인생이 죽음으로 끝날 수 있다는 예감과 두려움은 나의 죽음을 직접 체험하지 않더라도 우리 삶의 과정에서 파도처럼 끊임없이 밀려온다. 어쨌든 임만빈은 그 누구보다도 다양한 죽음의 층위를 경험했고, 그것이 그의 수필 세계에 폭넓게 스며들어 있음을 확인할 수 있다.

죽음을 바라보는 시각에는 두 가지가 있다. 인간의 보편적인 운명으로서 죽음이 있고, 누구도 대신해 줄 수 없는 나 개인의 현재적 죽음이 있다. 우리 대부분은 이 양극의 죽음 사이를 배회하면서 죽음에 대한 떨림과 허무와 공포를 조절한다. 형이상학적인 죽음은 인칭적인 죽음의 공포와 무상을 완화하지만, 현실적 죽음의 무게에서 촉발되는 아픔과 슬픔은 보편적인 죽음을 뛰어넘어 인간 삶의 가장 직접적인 요소로 작동한다. 문학과 철학은 이 같은 죽음의 다양한 속성에 대한 사유를 통해 존재와 삶의 의미를 캐는 작업이 아니겠는가?

임만빈 수필이 보여준 죽음에 관한 사유도 마찬가지다. 인간 삶을 파괴하고 그 가치를 무화하는 죽음의 어두운 그림자 앞에 서기도 하고, 이 세상 존재자 어느 하나도 죽음을 피할 수 없다는 보편적인 죽음을 끌어와 태연함을 가장하기도 한다. 우선 삶의 종식자로서 죽음을 두고 수필가 임만빈의 사유는 어떠한 모습일까? 몸과 마음의 연결 끈이 끊어져 자기 몸을 마음대로 하지 못하는 병석의 아버지를 두고, 작가는 "어찌 인간이 동물로 변신하는 과정을 그렇게 지겹게 보여주려고 하시는가?"라고 말한다. "세속의 욕심과 욕망과 오욕의 층이 사라진" 아버지의 몸을 바라보면서 "차라리 아버지가 정신을 놓았으면 좋겠다. ─(중략)─ 짐승같이 묶여있는 아버

지를 보는 것은 고통이다. 그 아픔에서 벗어나고 싶다. 차라
리 식물같이 고요히 누워계시면 좋겠다."(〈차라리 의식이 없
는 것이 낫겠다〉에서) 라고도 한다. 작가는 항암치료를 받으
면서 겪었던 고통의 과정을 이렇게 말한다.

> 나는 환자다. 재발한 암을 재수술 받고 지금 항암제를 주사
> 맞고 있는 것이다. 주제 파악을 해야지. 인간이 무너지는 소리
> 가 들린다. 내 몸에서 인간이 사라지고 동물만 남은 것 같다.
> 인간은 인간적인 고귀함이 존재하여야 하는데 고귀함이 사라
> 지고 그저 울부짖는 동물적 본능만 남은 것 같다. 인간의 파
> 괴. 나는 눈물을 훔친다.
>
> - 〈구토〉에서

현실적이고 개인적인 죽음은 바로 '인간의 파괴' 다. 병과
죽음 앞에서 인간은 본연의 사람됨을 상실하고 동물의 본능
적인 차원으로 추락하고 만다는 것이다. 자기의 죽음을 직접
체험하든 가까운 사람의 죽음을 목격하든 간에 죽음은 나에
게 고통과 슬픔을 안겨준다. 죽음이 개인을 가장 힘들게 만드
는 것은 인간적인 품격을 파괴한다는 점이라고 말한다. 이처
럼 개인의 인칭적인 죽음의 현실은 어둡고 슬프다. 죽음
이 운명적이라 할지라도 '나'에게 닥친 죽음은 삶의 슬픈 종
말이 아닐 수 없다. 고통과 슬픔의 종말, 이것이 인칭적이고
개인적인 죽음에 대한 수필가 임만빈의 사유다. 이 부분에서

작가의 죽음에 대한 체험이 너무나 생생하여 그 사유는 논리를 벗어나 원초적인 감정의 덩어리로 울린다. 그것은 거의 절규 수준이다. '나'의 개인적인 실존의 파괴는 논리와 보편으로 수습될 수 없는 고통이고 공포임을 말한다.

3. 죽음과 함께 오는 삶의 희망

하이데거에 의하면 현존재는 죽음을 향하는 존재다. 죽음이 내재하는 존재는 본질적으로 불안할 수밖에 없다. 그런데 죽음에서 야기되는 불안은 개인의 삶을 추동하고 인류문화를 발전할 수 있게 하는 원동력으로 작동하지만, 그 불안에서 벗어나려고 죽음 자체를 외면하려는 경향도 없지 않다. 이를 '죽음 앞에서의 부단한 도피'라고 한다. 나에게 죽음은 오직 유일하게 확신할 수 있는 사실임에도 불구하고 나 자신은 아직도 죽지 않고 살아있다는 사실에 안도한다. 또한, 타인의 죽음은 나와 전혀 무관한 문제라고 여기면서 죽음에 대한 불안을 애써 외면하려 한다. 인간은 모두 죽는다는 자명한 진리를 받아드릴 수밖에 없으면서도, 이를 추상적이고 논리적인 차원으로 보편화하는 것에 머물 뿐 그것을 나의 현실적인 사실로 받아들이지 못하는 것이 문제다. 다시 말해 개인의 현실적인 죽음과 존재의 보편적인 죽음은 죽음을 바라보는 다른 관점일 뿐이지 이질적인 것은 아니다. 하나로 연결되어 있다는 말이다. 죽음에 대한 개인의 공포와 불안을 보편적인 죽음

의 논리를 통해 자기화할 필요가 있고, 죽음의 추상화가 빚어
내는 도피적인 태도는 현실적인 죽음에 대한 사유를 통해 삶
의 현실과 연결해야 한다. 즉, 죽음에 대한 사유는 죽음 자체
에 갇혀서는 곤란하다. 죽음과 삶은 동일한 몸체 속에 있는
다른 측면일 따름이다. 죽음은 현실적인 삶의 문맥에 비쳤을
때 그 의미가 분명해진다. 죽은 사람은 죽음을 체험하거나 말
할 수 없기에 죽음에 대한 이야기는 삶의 이야기로 귀결된다
는 말이다.

임만빈의 수필은 죽음의 본질을 이야기하면서 동시에 삶의
진정한 의미를 찾아 나선다. 그는 죽음 앞에 무기력한 아버
지의 노쇠함에서 인간의 슬픈 파괴를 보고, 항암 치료를 받으
면서 극한의 고통을 느낀다. 그리고 죽음이란 영혼이 말살되
고 동물의 차원으로 추락하는 것임을 절실히 깨닫는다. 하지
만 이 같은 죽음에 대한 구체적인 체험과 사유는 죽음을 허무
나 '가치 없음'으로 몰고 갈 뿐이다. 인간은 자기 선택과 무관
하게 이 세상의 죽음 속에 던져진 존재이지만, 던져진 그 자
체로 종결되는 것이 아니라 거기서 삶의 가능성을 열어가야
한다. 죽음의 사유는 삶의 지향성 위에 놓인다는 뜻이다.

임만빈은 인간 삶의 과정을 원의 궤적으로 생각한다. 원을
따라 한 바퀴 돌아 원점으로 돌아가는 것이 인생이라고 보았
다. 여기서 원은 불교에서 말하는 윤회가 아니라, 원점 회귀
를 말한다. 자연으로 되돌아가는 것, 이는 생명 없는 무기물

에서 태어나 유기체로 살다가 무기물로 돌아가는 자연스러운 인간의 운명을 가리킨다. 실존주의에서 인간을 이 세상의 죽음 속에 던져진 존재로 파악했듯이, 임만빈도 삶을 능동이 아니라 피동일지 모른다고 말한다. 주체가 능동적으로 자신의 삶을 살아가는 것이 아니라 자연의 섭리에 따라 살아지는 것이라고 본다. 어떤 의미를 추구하고 특정한 목표를 달성하기 위해 살아가는 것이 아니라, 이 세상의 존재자로 태어났기에 살아갈 따름이라는 것이다. 운명론자의 태도와 허무가 살짝 내비치지만, 인간 존재와 삶을 무의미한 것으로 파악하는 염세주의 입장은 아니다. 이는 죽음이 인간 삶을 규정하는 피할 수 없는 요소임을 말해 줄 따름이다.

누구나 죽음을 비켜갈 수 없고 죽음은 운명에 따라 결정되는 것이기에 죽음을 편하게 수용하는 태도는 결국 주어진 삶을 감사하게 살고 일상이 얼마나 행복한 것인가를 깨닫게 한다. 여기에 이르러 죽음에 대한 체험은 삶의 긍정으로 승화된다. 작가 임만빈은 자기 가까이에 바싹 다가온 죽음을 내면화하여 삶의 희망으로 전환한다. 현실적인 죽음 체험이 죽음에 대한 심리적인 은폐와 세속적인 환상을 떨쳐내는 데 도움을 주었다. 또한, 그것은 "끝이 보이지 않아 영원한 것으로 생각했던 삶의 경계점"이 저만치 가까이 있다는 것을 알려 주기도 했다. 이러한 사유 끝에 도달할 수 있는 지점은 살아 있는 이 순간의 삶에 최선을 다하는 일일 것이다.

어찌하겠는가, 삶이란 유한有限한 것이 아닌가? 유한함을 어렴풋이 알면서도 무한無限한 것처럼 사는 것이 우리네가 아닌가. 갑자기 한순간 한순간의 삶이 아름다워 보인다. 어쩌면 찬란하기까지 하다. 죽음을 선고받았다가 생명을 다시 받은 기분, 산사의 경내로 비쳐드는 삼월의 햇빛을 그냥 주어버리는 것이 아깝고 아쉽다. 살아 있음에 감사하고 하루하루 살아 있음이 왜 이리 황홀한가.

이 선집의 표제작인 〈살아있음에 대한 노래를〉의 마지막 부분이다. 작가는 암 수술 후 온몸의 통증이 가시지 않은 상태에서 산사를 찾았다. 그때의 경험과 느낌을 토대로 작품을 구성하면서, 자신이 큰 수술을 마치고 지금 살아있다는 사실에 감사한다고 말한다. 인간이 살아간다는 것은 결국 주어진 것을 보듬어 안고 가는 것으로 생각한다. "5년 생존율 0%이고 2년 생존율 50%"인 폐암 수술을 받은 작가는 삶의 끝자락을 붙들고 이렇게 말한다. "희망을 가져야겠다고 다짐한다. 희망을 버리는 것은 삶을 포기한다는 것과 같다는 생각이 들어서다. 판도라 상자에는 아직 희망이 남아있지 않은가. 일생 동안 도저히 이루어질 수 없는 것이라 해도 꿈은 꿔야겠다. (중략) 많은 꿈을 꾸고 이루고자 하는 희망을 가지면서 나머지 삶을 보내고 싶다."(〈새로 꾸는 꿈〉에서) 죽음은 삶의 한 부분이다. 죽음에 가까이 다가가 보고 진지하게 사유해 봄으로써 삶을 긍정하고 그 의미를 발견한다.

죽어본 사람은 아무도 없다. 다만 죽음을 가까이에서 생각해 볼 뿐이다. 따라서 죽음의 언저리를 체험하고 죽음을 사유하는 것은 내 삶을 어떻게 살아야 할 것인가를 자문하는 일이다. 자문을 통해 살아있는 한 삶은 축복이고 희망임을 말해준다. 이것이 임만빈 수필이 담고 있는 삶과 죽음의 철학이다.

4. 인간의 실제 세계로

이 수필 선집에 수록된 서른 편의 작품이 보여주는 겉모습은 다양하다. 그 가운데 전체를 관통하는 주제가 둘로 뗄 수 없는 삶과 죽음에 관한 사유였다. 이를 동심원을 그려서 배치하면, 작가 자신의 죽음을 중심으로 '아버지의 노환 → 고향의 노모 → 쇠락하는 고향 마을 → 병원에서 만난 다양한 사연의 환자' 등으로 배열된다. 이것이 임만빈 수필을 구성하는 내용상의 스펙트럼이다. 이러한 그의 수필 세계에는 따뜻한 인간미와 인생의 우울함이 공존한다. 이는 인간의 삶과 죽음이 동전 양면의 상태로 공존하는 것과 같다. 그의 수필은 밝음과 어둠 사이를 다양하게 물들이고 있는 인간 삶의 모습을 보여주고 그 의미를 탐구한다. 주제와 그것을 대하는 태도가 진지하면서도 솔직하다. 그래서인지 분위기는 다소 무거운 편이다. 이 무거움은 임만빈 수필의 창작방법이고 미덕이다.

작품 전체의 분위기가 무겁다는 것은 그의 창작방법이 얄

팍한 기교에 매달리지 않는다는 말이기도 하다. 문학을 그리워하며 서정성을 지향하는 전통적인 수필에서 발견되는 현란한 수사나 인위적인 형식 따위를 발견하기 어렵다. 그의 작품 구조는 단조롭다 할 만큼 하나의 원칙에 집중한다. 전통적인 글쓰기나 서정시에서 일반적으로 채용하는 '선경후정先景後情'의 원리가 그것이다. 구체적인 실제 화제를 먼저 제시하고 그것에 근거를 두고 주체의 서정과 인식을 피력하는 방법이다. 특정한 사건과 화제에 의미를 부여하는, 수필의 일반화된 창작 원리도 이와 같은 맥락이다. 그러기에 수필을 해석적 글쓰기라고 하고, 작가의 해석에 무게가 실리기 때문에 수필을 주제의 문학이라고도 하는 것이다. 임만빈의 수필에서 주제의식이 뚜렷하고 그 주제의 설득력이 강한 것도 이 같은 형식적인 특징과 관계있다. 단조롭지만 안정감과 집중력을 잃지 않았기 때문에 작품이 진중한 무게감을 확보할 수 있었다. 만약 이러한 무게감을 주는 글쓰기 방법을 아니었다면, 삶과 죽음에 대한 사유로서 임만빈의 수필은 댄디즘을 떨쳐내기 어려웠을지 모른다.

인간과 세계를 관찰하고 이해하는 것이 문학이다. 그런데 문학은 다른 생물학, 심리학, 사회학 등과 같이 인간을 과학적 개념으로서가 아니라 구체적이고 실제적인 차원에서 이해한다. 과학은 구체적으로 살아 움직이는 '인간의 실제 세계'를 파악하지 못하고 사물의 상태에서 인간과 세계를 이해할

뿐이다. 문학은 삶의 구체성을 담아냄으로써 인간의 실제 세계에 다가간다. 이것이 문학의 본원이다. 그런데 수필은 자칫하면 철학과 친화성을 내세워 인간과 세계를 개념으로 이해하는 오류를 범하기 쉽다. 때로는 교술 장르로서 수필은 철학을 채용하기도 하지만 문학적인 감동을 동반하려면 실제 인간 세계를 담아내어야 한다. 사물로서 인간과 세계는 가치중립적이고 추상적인 관념에 불과하다. 따라서 인간의 실제 세계는 사물의 차원을 벗어나 그 사물에서 촉발되는 의미 차원으로 나아간다. 문학으로서 수필은 있었던 경험 그 자체를 담아내는 것에서 끝나지 않고 그것의 의미를 찾아내는 글쓰기이기 때문이다.

임만빈 수필이 성공적이었다면 이러한 실제 인간 세계의 구체성에 다가갔다는 점이다. 수필가 임만빈은 의사이다. 사람의 몸을 관찰하고 병을 고치는 단순한 의사였다면, 그에게 인간과 세계는 하나의 사물에 불과했을 것이다. 그는 사물로서 인간에 관계하는 의사의 차원을 넘어 구체적인 감정과 의미가 살아 숨 쉬는 실제 인간의 세계를 파악했다. 이는 수필이라는 문학이 있었기에 가능했다. 이런 점에서 수필가로서 임만빈은 의사로서 임만빈에 절대 뒤처지지 않는다.

1948년 충남 홍성군 홍북면 대인리 내동 498번지에서 태어났다.
1967년 경북대학교 의과대학에 입학하면서부터 줄곧 대구에
서 살았다. 현재 대구광역시 수성구 교학로 11길 91, 202동
1502호에 살고 있다.

〈학력〉

1960년 산수초등(국민)학교 졸업

1963년 홍성중학교 졸업

1967년 대전고등학교 졸업

1973년 경북대학교 의과대학 의학사

1984년 경북대학교 대학원 의학석사

1988년 경북대학교 대학원 의학박사

〈경력〉

1973년~1976년 대한민국 육군 대위

1976년~1981년 계명대학교 동산의료원 인턴 / 신경외과 전공의
　　　　　　　 과정 수료

1981년~현재 계명대학교 의과대학 신경외과 전임강사. 조교수.
　　　　　　 부교수. 교수, 석좌교수

1986년~1987년 캐나다 서부 온타리오 대학병원 및 미국 버지니아

    대학병원 연수

1991년~1999년 계명대학교 의과대학 신경외과 과장

1993년~1999년 계명대학교 의과대학 신경외과 주임교수

2000년~2005년 계명대학교 뇌 연구소 소장

2003년~2004년 대한뇌혈관외과학회 회장

2005년~2007년 계명대학교 의과대학 학장

2006년~2007년 대한신경외과학회 회장

〈문학 활동〉

2003년 제2회 한미수필문학상 입상

2005년 제1회 보령의사수필문학상 은상

2006년 제5회 한미수필문학상 입상

2010년 제1회 대한의사협회 수필공모 우수상

2011년 제4회 의사문학상(일반 수필분야)

2006년 에세이문학 등단

2007년 수필집《선생님, 안 나아서 미안해요》(에세이문학출판부)

    간행 / 문화관광부 우수문학도서

2009년 수필집《자운영, 초록의 빛깔과 향기만 남아》(푸른향기)

간행 / 제4회 의사문학상

2013년 수필집《나는 엉덩이를 좋아한다》(수필과비평사) 간행 /

제1회 대구수필가협회문학상

2013년 《병실 꽃밭》(에세이문학출판부) 간행